書下ろし

きむすめ開帳

睦月影郎

祥伝社文庫

目次

第一章　妖《あや》しき恋の身代わりに

一

「待て。お前どこの小僧だ」

いきなり声をかけられ、買い物の途中だった文二《ぶんじ》はビクリと立ちすくみ、恐る恐るそちらを見た。

すると一人の武士が、じっと文二の方を見ている。

長身で前髪が涼やかで、長い髪を後ろで引っ詰めているだけ。大小を帯びた袴姿《はかますがた》だが、驚いたことにそれは二十代半ばほどの女だった。

何か粗相《そそう》をしたかと不安になったが、彼女の眼差《まなざ》しは咎《とが》めるふうではなく、驚きと悲しみの入り交じったような、複雑な色をしていた。

「私は、黒門町《くろもんちょう》で履物屋を営む、大前屋《だいぜんや》の倅《せがれ》で文二と申しますが……」

彼は小腰を屈《かが》め、怖《お》ず怖ずと答えた。

「左様か……。呼び止めて済まなかった」

彼女は言い、もう一度じっと文二を見つめ、やがて振り切るように踵《きびす》を返すと、男のように大股で歩き去っていった。

（何なのだろう……、それにしても美しい……）

その後ろ姿が、横町の角を曲がるまで見送っていたが、彼女がもう一度こちらを振り返ったので、文二も思わず頭を下げた。顔を上げると、もう彼女の姿はなく、文二はほっと肩の力を抜いて歩きはじめた。

武士と話すなど、生まれて初めてだった。

文二は十八歳、大前屋の次男坊で、家は五歳上の兄が継いでいる。

店は、下駄《げた》に草履《ぞうり》、雪駄《せった》に草鞋《わらじ》など男女用の履き物が何でも揃《そろ》っているが、二親《ふたおや》に兄夫婦に子供たちで手狭《てぜま》になっており、店の仕事もそれほど忙しくはないから、文二は早く他の店に奉公へ出るか、婿《むこ》にでも行くことを望まれている、いわば厄介者扱いであった。

（まさか、そなたに一目惚《ぼ》れした、我がものになれ、なんて言われるんじゃないだろうな……）

良い方へ良い方へと想像を膨《ふく》らませながら歩くと、思わず勃起してしまった。

手すさびを覚えて半年、どうにもあの快楽ばかりに心身を支配され、夜毎に熱い精汁を放ち、早く生身の女体を知りたいと思いつつ、春本を見ては神秘の部分を夢見る日々を送っていた。

しかし大家族なので、与えられた部屋は納戸《なんど》だ。兄嫁は二十一だが、どうにも淫気の湧かぬ不器量で、妄想するのは大抵、出入りしている下駄職人の娘で十七になる可《か》憐《れん》な咲《さき》だ。

やがて文二は不忍池《しのばずのいけ》のほとりにある大前屋へ戻り、買い物した食材を厨《くりや》に置き、甥の子守をしながら狭い裏庭を掃除した。奉公人を雇う余裕もないから、ほとんど文二は下男扱いの仕事ばかりで、店の仕事はさせてもらえない。

それでも手習いでは、読み書き算盤《そろばん》も優秀な方だったのだ。

兄はおっとりした性格で、親の言うまま隣町の娘と祝言《しゅうげん》を挙げ、何を考えているのかいないのか、ただ実直に店の切り盛りをし、女房の尻に敷《し》かれ、親の言うことも良く聞いていた。

文二も、いずれは親が見つけてきた婿入り先に行って、そちらの家業に精を出すだけの人生だろう。特に大きな夢があるわけではないし、また叶《かな》わぬだろうし、今はひたすら女体を知りたいということしか頭になかった。

ようやくその日の仕事を終え、夕餉《ゆうげ》を済ませると、文二は納戸に入って布団《ふとん》に横たわり、今日会った男装の武家娘を思い出しながら一物をしごいた。

武家の女を妄想するのは初めてだし、じっと見つめられた眼差しは今も瞼《まぶた》に残り、震《ふる》えるような興奮の中で彼は昇り詰めたのだった。

翌朝、文二は顔を洗うと、朝餉の仕度をしている母や兄嫁を手伝い、店先の掃除をした。

そして店を開けると、咲が注文の下駄を持ってやって来た。文二は届け物があったので、送りがてら咲と一緒に歩いた。すっかり桜の蕾《つぼみ》も膨らみ、ちらほらと咲きはじめているものもあった。

「文二さんはお花見は行くの？」

咲が、愛らしい笑窪《えくぼ》を見せて訊いてきた。彼女と一緒になれたら最高だが、年子の弟がいるので家を継がず嫁《とつ》いでしまうだろう。

「そんな余裕はないよ。上野山《うえのやま》へ行くにしても、私は留守番になると思う」

「そう」

咲は答え、男と一緒に歩くのが恥ずかしいのか、あとは分かれ道まで黙り、やがて文二は彼女と別れて届け物をし、のんびりと湯屋に寄ってから店に戻った。

「文二、ちょっとおいで」

するとで母親が彼を店の奥へ呼んだ。

「湯島天神《ゆしまてんじん》の近くにある篠原《しのはら》様というお武家だけれど、お前を住み込みの奉公人に欲しいんだってさ。すぐにでもというお話だからこれから行っておいで」

「お、お武家へ……？」

文二は目を丸くした。どうやら彼の外出中に話が来たらしく、すでに母親は手際よく彼の着替えやら身の回りのものをまとめていた。どうやら前金でも貰《もら》っているのだろう。

「ああ、お旗本らしいけどお屋敷じゃないから安心おし。さる大店《おおだな》のお妾《めかけ》さんの家が空いたので、そこを隠居所にしているらしいから、普通の家だよ」

「旗本……」

言われて、もちろん拒《こば》むことも出来ず、文二は店にいる父や兄に挨拶《あいさつ》した。もう二人も聞いているらしく、軽く頷《うなず》いただけだ。

何しろ住み込みとはいえ、湯島天神は目と鼻の先だから、実に呆気《あっけ》なく家を出ることになってしまった。

そして兄嫁にも挨拶し、子供たちにも手を振って大前屋を出た。

文二は不安に駆られながらも、とにかく湯島まで行き、母親に聞いた通りの場所へ行くと、天神様の見えるあたりに黒塀の一軒家があった。

「御免下さいまし。大前屋から参りました文二ですが」

勝手口から訪《おとな》うと、すぐに人が出てきた。

それは、昨日会った男装の武家女だった。

どこかで、そうではないかと思っていたが、いざ目の前に彼女が現れると、文二は身をすくませて頭を下げていた。

手すさびの妄想の中では、畏《おそ》れ多い気持ちも快感に変えて彼女を裸にしていたが、実際に会うと、ただ恐縮するばかりだった。

「良く来てくれた。私は篠原弥生《やよい》。さあ中へ」

言われて、文二は恐る恐る上がり込んだ。

割に大きく、間数も多そうだ。彼は座敷へ案内された。どうやら、家には弥生一人きりのようだ。

差し向かいに座ると、弥生が事情を説明してくれた。

「屋敷は神田《かんだ》。兄は、父の後を継いで腰物奉行の役職に就いている。ここは父の隠居所だったが先月に死んだので、今は私が使っている。道場に近くて都合が良い」

「さ、左様《さよう》でございますか……」

腰物奉行がどのようなものか知らないが、あとで聞くところによると、五百石取りの旗本のようだ。

弥生は男勝りの奔放《ほんぽう》な性格で、剣術道場では師範代を務め、門弟たちから幾ばくかの束脩《そくしゅう》も得ているらしい。屋敷で兄嫁たちと暮らすより一人の方が気ままで良いのだろう。しかし屋敷の家来衆や奉公人ではなく、見ず知らずの町人を雑用に住み込ませるというのは異例である。

「文二はいくつになる」

「十八でございます」

「そうか……、ときにお前は、女を知っているか」

「は……？　そ、それはどういう……」

いきなり突拍子もないことを聞かれ、文二は面食らって絶句した。

「男女の営みをしたことがあるかということだ」

「ご、ございません、まだ決して一度も……」

「許嫁《いいなずけ》は」

「おりません……」

「左様か、では正真正銘の無垢《むく》なのだな」

「はい……」

「良い。ならば来い」

弥生は言って立ち上がり、部屋を出た。文二も恐る恐る付いていくと、彼女は一番奥まった部屋へと彼を招き入れた。

「あ……」

その部屋の中を見て、文二は思わず声を洩《も》らして立ちすくんだ。

部屋の真ん中には床《とこ》が敷き延《の》べられ、一人の女が寝ていた。周囲には着物や小物、簪《かんざし》や化粧道具が置かれている。

寝ている女を見ると、それは人形であった。

「これは、小杉操《こすぎみさお》という、私が最も可愛がっていた娘だが、暮れに感冒《かんぼう》をこじらせて死んだ」

「は、はあ……」

文二は答え、弥生が座ったので、彼も人形の脇に腰を下ろしたが、そちらを見るのが気味悪かった。

「生き人形とはいえ、本人に会ってもいない者が作ったので、全く似ていない。だが、お前は驚くほど操に似ていた。まさに生き写し……」

弥生が、じっと熱っぽく文二を見つめながら言った。

操は、昨年十七で死んだらしい。生きていれば、いま文二と同じ十八。操は篠原家の家来衆の娘で、何しろ弥生は彼女に執着していたようだ。

「お前には、この鬘《かつら》をかぶって着物を着て、化粧をして操になってほしい」

弥生の言葉は、文二を今までで一番驚かせたものだった。

二

「そ、そのようなこと、私には……」

「この家には誰も来ない。買い物も掃除も私がする。お前はただ、操の姿になって、ここで暮らしてくれればそれで良い」

文二は驚きに混乱していたが、弥生は真剣な眼差しで言った。

「い、いったい、いつ頃まででしょうか……」

「私の気が済むまでだ。やがては、神田の屋敷に出入りしている商人から、お前の良い婿入り先も選んでやる。ここに居る間は、操になりきってくれ」

弥生は真剣に言い、文二もここまで来て拒むことなど出来るはずもなく、戸惑《とまど》いながらも頷く他はなかったのだった。

「では、下帯まで全て脱ぎ、ここにあるものを着てくれ。あとで手伝うので、私はしばし廊下にいる」

言い、弥生は座敷を出た。

襖《ふすま》が閉められても、彼女はすぐそこに居るようだ。迷っている暇はない。

何しろ武家は、怒らせたら斬られるのではないかという恐れがあった。まして弥生は、女ながらに剣術の達者らしい。

文二は昨夜手すさびした興奮など微塵《みじん》もなかったように恐怖に戦《おのの》き、立ち上がって帯を解いた。

そして下帯まで脱ぎ去って全裸になると、当然ながら一物は恥毛の中に埋もれるように縮み上がっていた。この家には武家の美女と二人きりだが、この寝ている人形が恐ろしいのだ。

とにかく、部屋の中にある腰巻を見つけて着け、襦袢《じゅばん》を羽織って腰紐《こしひも》を締めた。

だが、女の着物までは自分で着付けられない。

「良いか、入るぞ」

と、頃合いを見計らった弥生が言って再び入ってきた。

そして襦袢と腰巻姿の彼をチラと見てから、寝ている人形の布団をはいだ。

「ひぃ……」

文二は、恐ろしさに腰を抜かしそうになった。人形は実は首だけで、中には着物が置かれているだけだったのだ。

やはり全身を作るには費用がかさむだろうし、そこまでは再現できなかったのだろう。

「これは形見分けに貰った、操が着ていたものだ」

弥生が言って立ち上がり、着物を彼に羽織らせた。

文二は死んだ娘が着ていた着物を着せられ、背筋を寒くしながらも何やら次第次第に妖《あや》しい気分になってきてしまった。すでにこの世にないとは言え、十七の娘が着ていたものを身にまとっているのだ。しかも弥生の執着ぶりからして、それはたいそう美しい娘だったのだろう。

弥生は膝《ひざ》を突いて甲斐甲斐《かいがい》しく着付けをしてくれ、帯も結んでくれた。

そして彼を座らせ、人形がかぶっていた鬘を取ると、丸坊主の顔がころりと布団の上を転がった。

その鬘を文二の頭にかぶせ、さらに弥生は化粧を施《ほどこ》してくれた。白粉《おしろい》を塗り、紅を差しながら、いつしか弥生はぽろぽろ涙をこぼしていた。

「や、弥生様……」

「かほどに、瓜《うり》二つになるとは……。どうか昔のように、姉上様と呼んで……」

「あ、姉上様……」

「ああ、操……」

弥生は言い、感極まったようにいきなり文二を抱きすくめてきた。

(うわ……)

彼は驚き、近々と迫る弥生の顔を眩《まぶ》しげに薄目で見上げた。

最も親しい咲の手すら握ったこともないのに、まさか最初に抱き合うのが武家の女とは夢にも思わなかったものだ。

「顔を、良く見せて……」

弥生が言い、彼の顎《あご》に指をかけて上向かせた。

美しい男装の武家娘の顔が近々と迫り、潤《うる》んだ眼差しが舐《な》めるように文二の顔中を見回した。

形良い唇《くちびる》が僅《わず》かに開き、白くヌラリと光沢ある歯並びが覗《のぞ》いていた。そこから洩れる息は熱く湿り気があり、何とも甘い花粉のような刺激が含まれ、文二の鼻腔を悩ましく搔《か》き回してきた。

さらに弥生は顔を寄せ、とうとう唇同士を触れさせてきたのである。

「ク……」

文二は驚きに息を詰め、密着する弥生の唇の柔らかな感触に包まれ、かぐわしい息の匂いに刺激されながら、ぼうっとなってしまった。

弥生はじっと彼の目の奥を覗き込みながら、触れ合ったままの口を開き、間からチロリと舌を伸ばしてきた。怖ず怖ずと歯を開いて受け入れると、彼女の長い舌が侵入し、慈《いつく》しむように彼の口の中を隅々まで舐め回してきた。

文二も、舌をからませ、滑らかな舌触りとトロリとした生温かな唾液を味わい、痛いほど激しく勃起してしまった。

おそらく操の生前から、弥生はこのような行為をして彼女を可愛がっていたのだろう。操の気持ちは分かりようもないが、弥生を姉のように慕《した》って従っていたか、あるいは家来筋だから拒めず堪《た》えていたのかも知れない。

とにかく弥生は、男のような感覚で、可憐な操に恋をし、死んだあとも執着していたようだった。

恐らく弥生は誰にも言えずに長く傷心していたのだろうが、父親の葬儀も続いたから、人々はそちらの落ち込みと思ったのかも知れない。そして徐々に気持ちを切り替え、道場に復帰し、外にも出るようになった矢先、そっくりの文二に出会ってしまったのだろう。

「ンン……」

弥生は熱く鼻を鳴らしながら、執拗《しつよう》に舌をからめては、彼の頬《ほお》を撫《な》で、胸にまで触れてきた。そして唇を重ねながら、ゆっくりと彼を布団に押し倒し、のしかかってきたのである。

彼女が上になると、さらにトロトロと唾液が滴《したた》り、文二が小泡の多いネットリとした粘液をコクンと飲み下すと、弥生は嬉しげに、もっと多めに口移しに注いでくるのだった。

そして文二がすっかり美女の唾液と吐息に酔いしれると、ようやく弥生もそっと唇を引き離していった。互いの口を唾液が糸を引いて結び、弥生が舌なめずりすると切れた。

文二がぼうっと身を投げ出していると、朦朧《もうろう》とした彼の目に映ったのは、立ち上がった弥生が手早く袴と着物を脱いでいく姿だった。

みるみる引き締まった肌が露《あら》わになってゆき、たちまち彼女は一糸まとわぬ姿になってしまった。

やがて全裸の弥生が彼の足元に座り、足首を摑《つか》んで浮かせると、何と彼女は文二の足裏に舌を這《は》わせ、爪先《つまさき》にまでしゃぶり付いてきたのだ。

「あう……、な、何をなさいます……」

ヌルッと指の股に舌を割り込ませて吸われ、文二は驚きに声を震わせた。

これも、二人の間では当たり前の行為だったのだろうか。

全ての指の間に美女の舌が潜《もぐ》り込むたび、文二はビクリと身を震わせ、畏れ多い快感に身悶《みもだ》えた。

弥生は厭《いと》わず、もう片方の足もしゃぶり尽くし、文二は武家女の口の中で、生温かな唾液にまみれた爪先を縮めて震えた。

ようやく顔を上げると、

「今度は操がして……」

弥生は言いながら添い寝し、入れ替わりに起き上がった文二は、女の着物でぎこちなく彼女の足の方へと移動していった。

全裸の美女の身体を見るなど、もちろん生まれて初めてのことだ。

膨らみは、それほど豊かではないが形良い乳房は張りがありそうに、ぷるぷると弾むように息づいていた。乳首も乳輪も光沢を放つように清らかな薄桃色で、あるいは弥生は、二十代半ばでも生娘《きむすめ》かも知れないと思った。

もっとも独《ひと》り身なのだから、無垢に違いないのだろう。遊び好きな町人ならともかく、弥生は旗本の娘なのだし、それに男勝りで、ずっと女同士の方に心が傾いていたのである。

腹部は引き締まり、太腿《ふともも》も実に逞《たくま》しかった。

股間の翳《かげ》りは思っていた以上に楚々《そそ》とし、ほんのひとつまみほどの恥毛が煙っているだけだった。

よく見たいが、弥生は自分から右足を浮かせて差し出してきた。

文二は両手のひらで踵《かかと》を押し包むようにして支え、自分がされたように足裏に舌を這わせた。

日頃から道場の床を踏みしめている踵は硬く、土踏まずは柔らかかった。大きく逞しい脚で、長い足指に鼻を埋めると、間は汗と脂にジットリ湿り、蒸れた匂いが濃く籠《こ》もっていた。

もちろん美女の匂いと思うと少しも嫌ではなく、文二は激しく勃起しながら爪先にしゃぶり付き、順々に指の間に舌を割り込ませて味わった。うっすらとした汗の味がし、彼は次第に夢中で貪《むさぼ》っていた。

「アア……、いい気持ち……」

弥生はうっとりと喘《あえ》ぎ、彼がしゃぶり尽くすと、もう片方の足も差し出してきた。

文二はそちらも念入りにしゃぶり、新鮮な味と匂いを貪り尽くした。

すると弥生は脚を下ろし、股を開いてきたのだ。

見ると、滑らかな内腿の間に、まだ春本でしか見たことのない割れ目が艶《なま》めかしく息づいていた。

三

「操、舐めて……」

弥生が白い下腹をヒクヒク波打たせて言い、文二も嬉々として顔を進め、脚の内側に舌を這わせながら股間に顔を進めていった。

ムッチリとした内腿を舐め上げながら中心部に目を凝《こ》らすと、割れ目からはみ出した花びらがネットリと蜜汁にまみれて潤《うるお》い、妖しい光沢を放っていた。

大股開きになったから陰唇も僅かに開き、奥で襞《ひだ》を入り組ませて収縮する膣口と、ポツンとした尿口の小穴まで確認でき、ツヤツヤしたオサネもツンと突き立っているのが見えた。

文二は感激と興奮に目を凝らし、陰戸《ほと》を瞼に焼き付けてから顔を埋め込み、柔らかな茂みに鼻を擦《こす》りつけた。

隅々には甘ったるい汗の匂いが濃厚に籠もり、下の方へ行くにつれ残尿臭の刺激も悩ましく鼻腔を掻き回してきた。

（これが、武家女の匂いなんだ……）

文二は興奮に息を弾ませながら弥生の体臭を貪り、割れ目に舌を這わせていった。

陰唇の表面は、汗かゆばりか判然としないような味わいがあり、奥へ行くにつれてヌルッとした淡《あわ》い酸味の潤いに触れた。

柔肉は実に滑らかで、襞の入り組む膣口をクチュクチュ掻き回し、オサネまで舐め上げていくと、

「アアッ……、いい気持ち……」

弥生はビクッと顔をのけぞらせて喘ぎ、内腿でキュッときつく彼の両頬を挟み付けてきた。

やはり春本で読んだ通り、オサネが最も感じるのだろう。文二も、もがく腰を抱え込み、執拗に舌先の蠢《うごめ》きをオサネに集中させた。

淫水は後から後からトロトロと湧き出し、文二は彼女の腰を抱え上げ、雫《しずく》を舐め取りながら尻の谷間にも鼻を埋め込んでいった。

そこには可憐な薄桃色の蕾が、ひっそりと閉じられ、細かな襞を震わせていた。

秘めやかな微香が籠もり、文二は美しい武家娘の匂いを嗅いでから、舌先でチロチロと蕾を舐め、ヌルッと内部にも潜り込ませて粘膜まで味わった。

「あうう……、いい子ね……、もっと奥まで……」

弥生は呻《うめ》きながら、侵入した舌先をモグモグと肛門で締め付けてきた。

文二は少しでも奥まで差し入れようと懸命に口を押しつけ、内部で出し入れさせるように舌を蠢かせた。

すると鼻先にある陰戸からは、さらに新たな蜜汁が溢《あふ》れ、やがて文二は舌を引き抜いて彼女の腰を下ろし、再び陰戸に戻ってヌメリを舐め取り、オサネに吸い付いていった。

「操、お願い、指も入れて……」

弥生が声を上ずらせて言い、しきりに腰をくねらせた。

文二もオサネを舐め回しながら、人差し指を膣口にあてがい、そろそろと押し込んでみた。

中は温かく滑らかで、一物を入れたらすぐにも昇天してしまうだろうと思えるほど心地よかった。

彼は指を小刻みに動かし、内壁を擦りながらオサネを刺激し続けた。

「あぁッ……、き、気持ちいい、いく……、アアーッ……！」

たちまち弥生が身を弓なりに反らせながら声を上げ、ガクンガクンと狂おしく腰を跳ね上げた。

どうやら気を遣《や》ってしまったようだ。潜り込んだ指は痺《しび》れるほどきつく締め付けられ、淫水も粗相したかと思えるほど大量に噴出した。

文二は女の絶頂の凄《すさ》まじさに目を見張りながら、彼女が静かになるまで指と舌の愛《あい》撫《ぶ》を続けた。

「も、もう堪忍《かんにん》……」

やがて弥生がグッタリと身を投げ出し、降参するように声を絞り出した。

文二も舌を引っ込め、指を引き抜いて彼女の股間から這い出すと、弥生が手を引いて添い寝させ、腕枕してくれた。

そして彼の顔を胸に抱きすくめながら荒い息遣いを繰り返し、何度か思い出したようにビクッと肌を震わせていた。

「ああ、良かった……」

弥生は呼吸を整えながら、うっとりと吐息混じりに言った。

「済まぬ、文二。股など舐めさせられて嫌だったろう……」

彼女が言う。

どうやら気を遣ると同時に憑《つ》き物が落ちたらしく、あくまで文二は操とは別人と自覚してくれたようで、彼も少しほっとしたものだ。

「いいえ、嫌ではありませんでした……」

「そうか。このように、私は操と淫《みだ》らに戯《たわむ》れていたのだ。互いに男も知らず、女同士の快楽にのみ溺《おぼ》れていた……。それが死んでしまい、出来ることなら亡骸《なきがら》が欲しかった。そうしたら私は、『雨月物語《うげつものがたり》』の青頭巾《あおずきん》のように、操の身体を食い尽くしてしまったことだろう。むろん叶わぬ事だったが……」

弥生の言葉に、文二はゾクリと胸を震わせた。

ある僧が稚児《ちご》を可愛がり、死んだ亡骸を食い尽くす話は文二も読み、妖しい気持ちにさせられたものだった。

やがて弥生は、操の思い出を断ち切るように身を起こした。

「男というものを知ってみたい。もう操も許してくれよう。脱いで男に戻ってくれ」

彼女が言いながら文二の帯を解きはじめたので、彼も鬘を外し、身を起こして着物を脱ぎはじめていった。

弥生が気を遣り、大仕事を終えた気持ちになっていたが、いざ自分が脱ぐ段になると、急に羞恥《しゅうち》と緊張に襲われ、胸の奥が妖しく震えてきた。

彼女に着せて貰った着物を脱ぎ、襦袢と腰巻も取り去られ、文二は全裸になって布団に横たえられた。

弥生は添い寝し、すぐにも彼の乳首に顔を寄せてきた。

「ああ、小さな乳首……、でも肌は女の子のように滑らか……」

彼女は熱い息で肌をくすぐりながら言い、チロリと舐めてきた。

「アア……」

文二はビクリと反応し、意外にもゾクゾクと感じてしまい熱く喘いだ。

弥生は口を付けて吸い付き、チロチロと舌を這わせた。そして手で肌を撫で回し、もう片方の乳首も吸い、そっと歯を立ててきた。

「あう……」

「痛いか」

「構いません、もっと強く……」

文二は激しく勃起しながら答えていた。

「ああ、そのようなことを言うと、本当に食べてしまうぞ……」

弥生は言い、やや力を込めて乳首を嚙《か》み、咀嚼《そしゃく》するように小刻みにモグモグと動かした。

「ああ……」

文二は、美女に食べられているような快感に包まれて喘いだ。

彼女は左右とも甘く嚙んでから舌で肌を這い下り、脇腹や下腹にも頑丈そうな歯並びを食い込ませ、とうとう大股開きにさせた文二の股間に陣取り、近々と顔を寄せてきた。

「これが、男のもの……」

弥生は目を凝らして呟《つぶや》いた。

「幼い頃、兄と行水をして見たことがあるが、私は、これが欲しくてならなかった」

彼女は言いながら指先で触れ、幹《みき》を撫で、張りつめた亀頭もいじった。

「アア……」

文二は、生まれて初めて他人に触れられ、妖しい快感に声を洩らした。自分で行なう手すさびと違い、自由にならない人の指は新鮮で、予想もつかない動きをして彼を高まらせた。

「これが金的……、なるほど、玉が二つ入っている……」

弥生はふぐりにも触れ、指で軽くコリコリと睾丸を転がした。

そして指先を一物に戻し、鈴口から滲《にじ》む粘液を指の腹でヌラヌラと擦った。

「ああ……、お手が汚れます。今にも、出そうで……」

「そうか、構わぬから気を遣ってくれ」

文二は身悶えながら言うと、弥生は答え、何と舌を伸ばし、先端を舐め回してきたのだ。

「あうう……、い、いけません……」

文二は漏らしそうに高まりながら、懸命に呻き声で言い、肛門を引き締めて暴発を堪《こら》えた。

すると弥生は幹を舐め下り、ふぐりにも舌を這わせながら、彼の両脚を浮かせて尻まで覗き込んできたのだ。

「ここだけは、操と同じ可愛い蕾……」

彼女は言い、舌先で肛門もチロチロと舐めてくれたのだ。

「く……、ど、どうか……」

文二は畏れ多い快感に、浮かせた脚を震わせて言った。そして弥生の舌先がヌルッと潜り込んだので、思わず肛門でキュッと締め付けた。

内部で舌が蠢き、彼女の熱い鼻息がふぐりをくすぐった。

やがて彼女は舌を引き離して脚を下ろし、再びふぐりの真ん中の縫い目を舌先でたどった。そして肉棒の裏側をゆっくり舐め上げ、今度は丸く開いた口でスッポリ呑《の》み込んできたのだった。

四

「アア……、や、弥生様……」

文二は、生温かく濡《ぬ》れた美女の口腔に根元まで含まれ、夢のような快感に声を上げた。まさか自分の人生で、春本のように一物をしゃぶられる日が来るなど思ってもみなかったし、しかも相手は旗本の娘なのだ。

弥生は喉の奥まで呑み込み、口の中をキュッと締め付けて吸い、唇で幹をモグモグと愛撫した。内部ではクチュクチュと舌が蠢き、たちまち肉棒全体は美女の唾液にどっぷりと浸《ひた》った。

熱い鼻息が恥毛をそよがせ、文二は唾液にまみれた幹を彼女の口の中でヒクヒクと震わせた。そして高まりに朦朧となると、無意識にズンズンと股間を突き上げてしまった。

「ンン……」

喉の奥を突かれて呻きながら、弥生も合わせて顔を小刻みに上下させ、濡れた口でスポスポと強烈な摩擦《まさつ》を開始してくれたのだ。

まるで全身が美女の口に含まれたような快感に、もう堪えようもなく、文二は限界に達してしまった。

「い、いく……、アアーッ……！」

突き上がる大きな絶頂の快感に喘ぎながら、彼はドクンドクンと勢いよく大量の熱い精汁を弥生の口の中にほとばしらせた。

「ク……」

喉の奥を直撃され、弥生は小さく呻いたが、吸引と舌の蠢きは止めずに噴出を受け止めてくれた。

その快感は手すさびの比ではなく、文二は魂《たましい》まで吸い取られるような快感に腰をよじり、すっかり最後の一滴まで出し尽くしてしまった。

彼が精根尽き果てたようにグッタリとなると、弥生は亀頭を含んだまま、口に溜まったものをゴクリと飲み下してくれた。

「あうう……」

文二は飲み込まれた感激と驚きに呻き、嚥下《えんか》と同時にキュッと口腔が締まり、駄目押しの快感を得た。

彼女は全て喉に流し込むと、ようやく口を離し、なおも幹を握ってしごき、鈴口に脹《ふく》らむ余りの雫まで丁寧にヌラヌラと舐め取ってくれた。その刺激に射精直後の亀頭がヒクヒクと過敏に震え、文二は腰をよじって降参した。

「ど、どうか、もう、ご勘弁を……」

「これが人の種の味か。生臭いが、力がつくような気がする……」

彼が言うと、弥生もようやく舌を引っ込めて感想を洩らした。

そして再び添い寝し、彼の呼吸が整うのを待った。

「自分で出すことはあるのか」

「はい、毎晩……」

「なに、毎晩か」

「二度三度と抜かないと落ち着きません……」

「ならば、続けて出来るのだな。私も、情交まで試してみたい」

弥生の言葉に、文二は動揺した。もちろん回復するのは容易《たやす》いが、旗本の娘の初物を自分などが貰って良いものだろうかと心配になったのだ。

「し、しかし、弥生様はいずれお嫁に……」

「そのようなこと、どうでも良い。お前としてみたいのだ。どうすれば、またすぐ硬くなる」

弥生は、萎《な》えかけた一物を見て言った。

「では、もう一度陰戸を舐めさせて下さいませ。今度は私の顔に跨《また》がって頂けると嬉しいです……」

文二が言うと、弥生もすぐに身を起こし、厠《かわや》にでも入ったように彼の顔に跨がり、ためらいなくしゃがみ込んできてくれた。

仰向けになった彼の鼻先に、再び美女の陰戸が迫ってきた。

陰唇は興奮に色づき、奥からはまた新たな淫水が溢れはじめていた。

彼は弥生の腰を抱えて引き寄せ、柔らかな茂みに鼻を埋め込み、女の体臭で胸を満たした。

その匂いの刺激が直《じか》に一物に伝わり、すぐにもピクンと反応があった。

文二は顔中に美女の陰戸を受け止めて匂いを嗅ぎながら、舌を差し入れて淫水をすすり、オサネを舐め回した。

「アア……、き、気持ちいい……」

弥生もすぐにも喘ぎはじめ、大胆にグリグリと股間を彼の顔に押しつけてきた。

彼が必死にオサネに吸い付くと、蜜汁も大洪水になってきて、弥生も絶頂を迫らせてきたようだ。

そして高まった弥生が振り向くと、いつの間にかすっかり肉棒が屹立《きつりつ》しているので彼女も股間を引き離して、文二の上を移動していった。

「もうこんなに硬く……」

弥生は感心したように言って一物に跨がり、先端を膣口にあてがい、息を詰めてゆっくりと腰を沈み込ませてきた。

文二も、筆おろしをするという心の準備も出来ないまま、屹立した肉棒はヌルヌルッと滑らかな肉襞の摩擦を受けながら、深々と呑み込まれていった。

「あう……」

弥生が顔をのけぞらせて呻き、完全に根元まで受け入れ、股間を密着させて座り込んできた。

文二は快感の中心部が、熱く濡れた狭い肉壺に納められ、危うく漏らしそうな高まりと悦《よろこ》びに満たされて息を詰めた。さっき彼女の口に出していなかったら、挿入時の摩擦だけで果てていたことだろう。

それほど、陰戸に入れるというのは素晴らしい心地であった。しゃぶってもらったときも溶けてしまいそうな快感だったが、やはり男と女が一つになるというのは格別なことなのだと実感した。

動かなくても、息づくようなきつい収縮に刺激され、一物がヒクヒクと内部で反応していた。

「アア……、これが交接するということか……」

弥生も顔をのけぞらせて目を閉じ、感慨深げに呟き、初めての男の感触を味わっていた。

初めてでも、それほど破瓜《はか》の痛みはないようだった。何しろ日頃から過酷な稽古に明け暮れているだろうから痛みには強いだろうし、操とも戯れ、指ぐらいの挿入には慣れていたようだ。

彼女は密着した股間を何度かグリグリと擦りつけるように動かしてから、やがてゆっくりと身を重ねてきた。

そして文二の肩に手を回し、胸を突き出し、彼の口に乳首を押しつけてきた。

文二がチュッと吸い付くと、弥生は膨らみ全体を彼の顔中に押しつけてきた。

硬い弾力の乳房が鼻と口を塞《ふさ》ぎ、彼は心地よい窒息《ちっそく》感に悶えた。

隙間から懸命に呼吸すると、何とも甘ったるい汗の匂いが生ぬるく鼻腔を満たし、胸に沁《し》み込んでいった。

「もっと強く吸って……、噛んでも良い……」

弥生が、グイグイ押しつけながら言った。

やはり強い刺激の方が好みなのか、文二がコリコリと軽く乳首に歯を当てると、陰戸の締め付けと収縮が増してきた。

「ああ……、気持ちいい……」

弥生は身悶えながら、もう片方の乳首も含ませてきた。

文二は舌で転がし、軽く歯で刺激してから、さらに彼女の腋《わき》の下にも顔を埋め込み、ジットリ湿った腋毛に鼻を擦りつけ、濃厚な汗の匂いを貪った。

興奮が高まると、無意識にズンズンと股間を突き上げてしまい、それに合わせて弥生も腰を遣いはじめた。

「アア……、奥が熱い……」

彼女も痛みより摩擦の快感を得ているように喘ぎ、互いの動きが次第に激しくなっていった。溢れる淫水が律動を滑らかにさせ、互いの股間をビショビショに濡らしながら、クチュクチュと湿った摩擦音を響かせはじめた。

文二がしがみつくと、弥生は上からピッタリと唇を重ね、舌をからめてきた。

「どうか、もっと唾《つば》を下さいませ……」

文二が囁《ささや》くと、弥生もことさら多めの唾液をトロトロと口移しに注ぎ込んでくれ、彼はうっとりと酔いしれながら高まった。

さらに弥生の口に鼻を押し込み、熱く湿り気ある花粉臭の息を吸い込むと、もう堪《たま》らず昇り詰めてしまった。

「く……、い、いく……!」

突き上がる大きな絶頂の快感に呻き、彼はドクンドクンとありったけの熱い精汁を勢いよく内部にほとばしらせた。

「あう……、もっと……」

噴出を感じた弥生も声を洩らし、飲み込むようにキュッキュッと締め付けながら彼の絶頂を受け止めてくれた。文二は、二度目とも思えぬ快感と量で、股間をぶつけるように突き上げながら、最後の一滴まで出し尽くした。

「アア……、これが男……」

弥生は呟きながら、グッタリと硬直を解いて彼に体重を預けてきた。

文二もすっかり満足しながら力を抜き、彼女の重みと温もりを味わった。まだ膣内の収縮は続き、刺激されるたび射精直後の一物が過敏にピクンと反応した。

そして彼は、美女の甘い息を間近に嗅ぎながら、うっとりと快感の余韻と、念願の筆おろしをした感激を噛み締めたのだった。

五

（やはり、気味が悪いな……）

その夜、暗い部屋で横になりながら文二は思った。

何しろ室内には、操の遺品である着物や簪、化粧道具が遺《のこ》され、丸坊主になった生き人形の首が置かれているのである。

そしてこの部屋で、弥生と操は戯れていたのだろう。

もし操も、弥生と同じぐらい女同士の恋に執着していたら、恨《うら》んで出てきそうな気がした。

しかし弥生も男を知ったことで、いつまでも死んだ操にばかり心を奪われているのも良くないと思いつつあるようで、四六時中、文二が操の格好をしなくてもよくなりそうだった。

弥生の淫気が高まり、操を懐かしむ時だけ、女の着物を着て化粧を施すことにして、それ以外の時は文二も男姿で炊事や掃除をすることにした。

とにかく朝から晩まで女の格好でじっとしているより、多少なりとも身体を動かせることになり、文二もほっとしたものだ。大前屋で下男のように働くことに比べれば楽なものである。

厠に入っても、匂うのは美しい弥生が出したものだけだし、洗濯も弥生の匂いの沁み付いたものばかりだ。女と二人で暮らすことは、何を見ても感じても、全て淫気に繋がってしまい、文二には極楽のようなものだった。

それにしても、自分の初めての情交の相手が武家娘だとは、何度も余韻を嚙み締めながらもまだ信じられなかった。しかも、あれほどの美女とこれからも情交できると思うと夢のようだった。ただ、弥生が飽《あ》きたりしたら、もしかして斬られるかもしれない。

文二はふと不安になり、改めて畏れ多さに身を震わせた。

ただでさえ、一室を与えられ、のびのびと柔らかな布団で寝るなど初めてのことで、文二はなかなか寝付けなかった。

遠くから、五つ（午後八時頃）の鐘の音が聞こえてきた。

と、廊下に足音が聞こえ、そっと襖が開いて寝巻姿の弥生が入ってきた。

「まだ起きているか」

「はい……」

「ああ、そのままで良い」

彼女は言い、文二の隣に滑り込むように添い寝してきた。

「眠れず、また淫気が高まってしまった」

弥生は文二を抱きすくめながら囁いた。

操が死んでから半年ばかり、自分を慰めることも忘れて落ち込んでいたのだろう。

久々の快楽は、相当に彼女を夢中にさせたようだ。

初の情交でも、弥生は出血しなかった。

「もう一度入れてみたい。今度は文二が上になれ」

「い、いいえ、弥生様が上に……」

「良い。本手《ほんで》（正常位）も試してみたい」

弥生は言って仰向けになり、帯を解いて寝巻を左右に開いた。下には何も着けておらず、匂うような白い肌が闇にぼうっと浮かび上がった。

文二も身を起こして下帯を解き、まずは彼女の股間に陣取って屈み込み、股間に顔を埋めていった。

柔らかな茂みに鼻を埋め込むと、また悩ましい汗とゆばりの匂いが馥郁《ふくいく》と鼻腔を刺激してきた。舌を這わせると、すでに心の準備が整っていたか、大量の蜜汁が湧き出し、淡い酸味のヌメリを伝えてきた。

彼は夢中になって美女の味と匂いを貪り、突き立ったオサネに吸い付いた。

「アア……、いい気持ち……」

弥生も顔をのけぞらせ、内腿で彼の両頰を挟み付けながら熱く喘いだ。

もちろん舐めながら、文二も痛いほど一物を勃起させていった。

「い、入れて……、いや、その前にお前のも舐めたい……」

彼女が言い、文二の手を握って引き上げた。

「胸を跨いで……」

「そ、そんな、畏れ多い……」

「構わぬ。さあ……」

言われて引っ張られるまま、文二は恐る恐る弥生の胸に跨がった。

旗本娘を跨ぐなど、何やら股間からゾクゾクと妖しい震えが走るようだが、萎えることはなかった。

弥生は乳房の谷間に肉棒を挟み付け、両側から揉《も》みながら顔を上げ、長い舌を先端に這わせてきた。

「ああ……」

文二は快感に喘ぎ、無意識に股間を突き出すと、弥生も彼の腰を抱き寄せて、スッポリと根元まで呑み込んでくれた。

一物が温かく濡れた口腔に包まれて吸われ、クチュクチュと舌が這い回り、たちまち美女の清らかな唾液にまみれた。

弥生は熱い鼻息を彼の恥毛に籠もらせ、充分に濡らしてからスポンと引き抜いた。

「来て……」

言われて文二は、再び弥生の股間に戻り、そろそろと股間を突き出し、唾液に濡れた先端を陰戸に押し当てていった。少々戸惑ったが位置が定まり、ゆっくり押し込むと、ヌメリに助けられヌルヌルッと滑らかに吸い込まれていった。

「アアッ……！」

深々と貫《つらぬ》かれて、弥生が顔をのけぞらせて喘いだ。

文二も肉襞の摩擦と締め付けに高まったが何とか暴発を堪え、股間を密着させて感触と温もりを味わった。

すると弥生が両手を伸ばして抱き寄せてきたので、彼も身を重ねていった。

「深く突いて……、強く乱暴にして構わぬ……」

彼女が両手を回してしがみつきながら甘い息で囁き、文二もそろそろと腰を突き動かしはじめた。

「ああ……、いい気持ち……」

弥生が彼の背に爪を立て、乳房を突き出してきた。やはり稀《まれ》に、初日から挿入で感じて気を遣る女もいるのだろう。

文二は動きながら屈み込み、両の乳首を交互に含んで舌で転がした。

弥生も股間を突き上げるので、互いの恥毛が擦れ合い、コリコリする恥骨の膨らみまで伝わってきた。

文二は充分に乳首を愛撫してから首筋を舐め上げ、弥生のかぐわしい口に迫ると、彼女が下から唇を重ねてきた。

「ンンッ……！」

舌を差し入れると弥生は熱く鼻を鳴らして吸い付き、次第に股間の突き上げを激しくさせていった。

文二も腰を遣うと、揺れてぶつかるふぐりがヒタヒタと音を立てて淫水に濡れ、美女の唾液と吐息に酔いしれながら、急激に高まった。

さらに快感に任せ、弥生の喘ぐ口に鼻を押し込み、甘い花粉臭の息を胸いっぱいに嗅いだ。

すると弥生もヌラヌラと舌を這わせ、彼の鼻の穴を舐めてくれたのだ。

美女の生温かく悩ましい口の匂いに、もう我慢できず、たちまち彼は昇り詰めてしまった。

「く……！」

文二は突き上がる絶頂の快感に呻き、熱い大量の精汁を噴出させた。

「あぁッ……、熱い、もっと……」

奥深い部分を直撃され、弥生も声を上ずらせ、気を遣ったようにガクガクと腰を跳ね上げて悶えた。同時に膣内の収縮も最高潮になり、文二は心置きなく最後の一滴まで出し尽くしてしまった。

すっかり満足し、徐々に腰の動きを弱めてゆき、文二はグッタリと弥生の逞しい肉体に身を預けていった。

「アア……、昼間より、良い……」

弥生も全身の強《こわ》ばりを解きながら、精根尽き果てたように吐息混じりに呟いた。

まだ膣内の収縮は続き、刺激された一物がヒクヒクと内部で幹を跳ね上げ、そのたびにキュッと締め付けられた。

文二は体重を預け、喘いでいる弥生の口に鼻を押し込み、甘い息を嗅ぎながら、心ゆくまで快感の余韻を噛み締めた。

「気持ち良かった……。だが明日は、また操に化けてくれ……」

弥生が、文二を乗せたまま囁いた。

これほど、男の身体にのめり込みはじめているというのに、まだ操への執着は衰《おとろ》えていないようだった。

「明日、朝餉を済ませたら道場へ行く。戻ってくるまでに着物と化粧を整えておいてくれ」

「分かりました」

文二は答え、いつまでも乗っているのが申し訳ないので身を起こし、股間を引き離した。そして懐紙で互いの股間を拭《ふ》き清めたのだった。

第二章　可憐《かれん》町娘は果実の匂い

一

（どうも、上手くいかないな……）

鏡を見ながら文二は、化粧をしてみて思った。

何とか操の着物を着て見様見真似《みようみまね》で帯を締め、鬘《かつら》をかぶったが、どうにも白粉《おしろい》と口紅がしっくりいかない。

それでも、弥生が道場から帰ってくるまでには、まだ一刻（約二時間）余りあるだろうから、何度でもやり直せる。

恐らく帰宅したら、弥生はまた文二を操と思い込み、女同士の快楽に耽《ふけ》るのだ。

そして気を遣《や》ると、また憑《つ》き物が落ちたように、今度は男としての文二を求めてくるに違いなかった。

女になったり男になったりして、弥生と肌を重ねるのだから彼は期待に勃起した。

と、その時である。

「御免《ごめん》下さいませ」

勝手口から訪《おとな》う声が聞こえてきた。

「うわ、どうしよう……」

居留守も使えないので、文二は驚きながらも女姿で立ち上がり、恐る恐る見に行ってみた。

すると、立っていたのは咲ではないか。

「あ、済みません。文二さんはいらっしゃいますか」

「お咲ちゃん」

文二を見た咲が言った。どうやら気づかないようだが、文二は安心して答えた。

「え……？」

「少し頼みがあるんだけど」

「まあ！　文二さんなの？　どうして……」

声でようやく分かり、咲は呆然《ぼうぜん》と目を丸くしたが、すぐにクスッと肩をすくめて笑った。

「化粧を手伝ってほしいんだ。誰も居ないから上がって」

「どうしたの、一体……」

「とにかく中へ」

言うと、咲も中に入って戸を閉め、恐る恐る上がり込んできた。やはり町家の隠居所だった家でも、武士が住んでいると思うと気が引けるのだろう。

とにかく部屋へ招き入れ、文二は敷《し》かれたままの布団《ふとん》の上に座った。

「弥生様が戻るまでに、化粧をちゃんとしておかないとならないんだ」

「お化粧どころか、着物も帯もちゃんとなっていないわ」

咲はクスクス笑いながら、文二を見つめた。

「ああ、全部直してもらわないと。弥生様が好きだった娘が死んでしまい、私が瓜《うり》二つだったらしくて、しばらくその娘の代わりを務めるために、ここへ住むよう言われたんだ」

「そうだったの……」

「ところで、私に何か用だった？」

「ええ、大前屋の女将《おかみ》さんに言われて、様子を見に来たの。いま思えば、何だか怖そうな男衆姿のお武家だったから、試し斬りにされるんじゃないかって。でも、そんな心配はなさそうね」

咲が言い、文二も頷《うなず》いた。

「ああ、でもおっかさんには、女の姿になっていたなんて言わないでおくれよ。ごく普通に、小間使いに使われているって言っておいてほしいんだ」

「分かったわ」

彼女が答えると、文二も安心して、まずは鬘を取った。

「お化粧より、まず着物からだわ。一度脱いでしまって」

咲が言い、後ろに回って彼の帯を解きはじめた。

「ね、お咲ちゃんも脱いで、一緒に着ながら教えてほしい」

文二は、急に激しい淫気に包まれながら言った。どうせ、弥生の帰宅までは、まだだいぶあるのだ。

「でも……」

「今日だけ整えれば良いというわけじゃなく、ちゃんとお端折《はしょ》りから覚えないとならないんだ。帯も、結んでもらうんじゃなく自分で締められるようにならないと」

「そう……、本当に、すぐには帰ってこない？」

「うん、あと一刻は絶対に戻らないから」

「分かったわ」

咲は言い、彼の帯を解き放ってから自分の帯も解いて畳に置いた。

そして紐《ひも》を解いてお端折りを落としたので、文二も立ち上がって同じようにした。

「まあ、腰巻も着けているの？」

「ああ、全部女物を着けるように言われているから」

文二は着物と襦袢《じゅばん》の前を開いて答え、確認するように咲の着物も開いて見た。

「あん……」

「ふうん、こんなにきっちり腰巻の紐を締めるんだね」

文二は言い、咲の方から漂《ただよ》う甘ったるい体臭に激しく勃起してきた。

「腰巻も解いて、最初から着けるところを教えて」

「駄目よ、そんな恥ずかしいこと……」

「でも、しっかり覚えないと。粗相《そそう》があったら、それこそ斬られちゃうかも知れないからね」

文二は言いながら、彼女の着物を脱がせ、襦袢の前も開かせてしまった。

そして腰巻の紐を解きはじめると、咲が羞《は》じらいにしゃがみ込んでしまった。

それでも、必死に拒《こば》む様子もないので、このまま文二は続行することにした。これほど積極的になれるのも、女を知ったからなのだろうと思った。

咲も、恐らく文二に淡《あわ》い好意ぐらい持っていてくれたのだろうし、十七ともなれば手習いの仲間とも際どい話題を交わし、好奇心も旺盛に違いない。

文二は、自分も手早く全裸になってから、俯《うつむ》く彼女の襦袢と腰巻まで取り去り、そのまま一緒に布団に横になった。

「あん……、何をするの……」

咲がか細く言ったが抵抗もしないので、文二は甘えるように腕枕してもらうように身体をくっつけ、桜色の乳首にチュッと吸い付いてしまった。

「ああッ……」

咲が熱く喘《あえ》ぎ、思わず反射的にギュッと彼の顔を胸に抱きすくめてきた。

文二は柔らかな膨《ふく》らみに顔中が埋まり込み、心地よい窒息感の中で舌を蠢《うごめ》かせ、コリコリする乳首を転がした。

やはり、鍛《きた》えられた弥生と違い、美少女の肌は柔らかく弾力があり、赤ん坊のように甘ったるい匂いがした。

徐々に彼女を仰向けにさせてのしかかり、もう片方の乳首も含んで舐《な》め回し、顔を埋め込んで吸った。ほんのり汗ばんだ胸元や腋《わき》から漂う体臭に混じり、上からは果実のように甘酸っぱい息が吐きかけられた。

文二は左右の可愛い乳首を交互に吸い、さらに腋の下にも顔を埋め込んでいった。汗に湿った和毛《にこげ》に鼻を擦《こす》りつけて嗅ぐと、乳のように甘ったるい芳香が鼻腔を心地よく搔《か》き回してきた。

「アア……、駄目、くすぐったいわ……」

咲はクネクネと身をよじって声を震《ふる》わせたが、次第に力が抜けたように身を投げ出していった。

彼は美少女の体臭で胸を満たし、さらに柔肌を舐め下りていった。

脇腹から腹の真ん中に移動し、愛らしい縦長の臍《へそ》を舐め、張りのある下腹に顔を押しつけると、可愛らしい弾力が感じられた。

そして腰からムッチリとした太腿《ふともも》に舌を這《は》わせ、脚を舐め下りていった。

丸い膝小僧《ひざ》から滑らかな脛《すね》を舐め、とうとう足裏に顔を押し当ててしまった。

舌を這わせながら、縮こまった指の股に鼻を割り込ませて嗅ぐと、そこは汗と脂にジットリ湿り、蒸れた匂いが濃く籠《こ》もっていた。

文二は可憐《かれん》な町娘の足裏を舐め、匂いを貪《むさぼ》り、爪先《つまさき》にしゃぶり付いて順々にヌルッと指の間に舌を潜《もぐ》り込ませていった。

「あう……、何するの、汚いのに……」

咲が驚いたように言ったが、彼の愛撫《あいぶ》にビクッと反応し、次第に朦朧《もうろう》としてきたようだった。

文二は両足とも全ての指の股を舐め、新鮮な味と匂いを心ゆくまで貪った。

やがて腹這いになって脚の内側を舐め、両膝の間に顔を割り込ませ、白く滑らかな内腿を舌でたどりながら無垢《むく》な陰戸《ほと》に鼻先を進めていった。

同じ生娘《きむすめ》でも、やはり二十五の武家と、十七の町娘では趣《おもむき》が全く異なっていた。

ぷっくりした丘には淡い若草が恥ずかしげに煙り、肉づきが良く丸みを帯びた割れ目からは、綺麗な桃色の花びらがはみ出していた。

そっと指を当てて左右に広げると、

「アア……」

触れられた咲が小さく喘ぎ、ヒクヒクと内腿を震わせた。

中も綺麗な桃色の柔肉で、それほど潤《うるお》ってはいないが、襞《ひだ》を息づかせる無垢な膣口とポツンとした尿口の小穴もはっきり見えた。そして包皮の下からは、弥生よりずっと小粒のオサネも、光沢を放って顔を覗《のぞ》かせていた。

やはり同じようでいて、女はそれぞれ微妙に違う形状をしているのだろう。文二は目を凝《こ》らし、やがて吸い寄せられるように顔を埋め込んでいった。

柔らかな茂みに鼻を擦りつけて嗅ぐと、大部分は甘ったるく可愛らしい汗の匂いが籠もり、下の方にはほんのりした残尿臭の刺激も馥郁《ふくいく》と入り交じっていた。

文二は美少女の匂いを胸いっぱいに吸い込みながら、そろそろと陰戸に舌を這わせていった。

二

「ああッ……、駄目よ、何してるの……」

咲がか細く喘ぎながらも、キュッときつく内腿で文二の顔を締め付けてきた。

彼は意外に豊満な腰を抱え込みながら咲の体臭を貪り、陰唇の内側に舌を差し入れていった。

うっすらと汗かゆばりのような味わいがあり、花弁状に襞の入り組む膣口を掻き回すように舐め、内部にも舌先を潜り込ませ、そのまま柔肉をたどって小さなオサネまで舐め上げていった。

「あう……！」

咲がビクッと顔をのけぞらせ、内腿に力を込めて呻《うめ》いた。

やはりここが最も感じるのだろう。

文二がチロチロと舌先でオサネを弾くように舐め回すと、次第に割れ目内部に淡い酸味のヌラつきが溢《あふ》れてきた。

濡《ぬ》れてくると、文二も嬉しさで舐めるのも熱が入った。

さらに彼女の脚を浮かせ、白く丸い尻の谷間に顔を押しつけていった。ひっそり閉じられた可憐な蕾《つぼみ》に鼻を埋めると、顔中に双丘が密着し、秘めやかな微香が悩ましく籠もっていた。

彼は美少女の恥ずかしい匂いを夢中で嗅ぎ、舌先でくすぐるように蕾を舐め回し、ヌルッと潜り込ませた。

「あん……！」

咲が呻き、キュッと肛門で彼の舌先を締め付けてきた。

文二はもがく腰を押さえつけながら、内部で舌を蠢かせ、滑らかな粘膜を心ゆくまで味わった。

その間も、鼻先にある陰戸がヒクヒクと収縮し、新たな淫水が溢れてきた。

彼はようやく舌を引き抜いて咲の脚を下ろし、再び陰戸を舐め回し、生ぬるい蜜汁をすすった。

「アア……」

「ここ、気持ちいい？」

オサネを舐めながら、文二は喘ぐ咲に股間から訊いた。

「分からないわ……、恥ずかしくて……」

「でもすごく濡れてきたよ。自分でいじることはあるの？」

「たまに、少しだけ……」

咲は正直に答えた。やはり仲間とそうした話が出て試してみたようだが、気を遣るまでいじっているかどうかは疑問だった。

「強く吸ったら痛い？」

「分からないけど、嫌じゃないの？　汚いのに……」

「お咲ちゃんは可愛いから、どこも汚くないよ」

文二は言い、上唇《うわくちびる》で包皮を剝《む》き、小粒のオサネにチュッと吸い付き、舌先でチロチロと弾くように刺激した。

「あぁッ……！」

「痛いかい？」

「き、気持ちいい……」

咲が答え、文二も嬉々としてオサネを吸い、激しく舐め回した。淡い酸味の蜜汁も量を増し、白い下腹がヒクヒクと波打った。

「あうう……、駄目、何だか怖いわ、止めて……、アアーッ……！」

たちまち咲はガクガクと狂おしく腰を跳ね上げ、何度も弓なりにのけぞりながら声を上げた。

そしてグッタリとなったので、どうやらオサネの感覚で小さく気を遣ったようだった。文二は股間から這い出して添い寝し、荒い呼吸を繰り返している美少女の口に鼻を押しつけ、甘酸っぱい息を嗅いで鼻腔を満たした。それは胸の奥が溶けてしまいそうに、良い匂いだった。

そのまま唇を重ね、ぷっくりした弾力を味わいながら舌を這わせた。乾き気味の唇を舐め、滑らかな歯並びを舌先で左右にたどり、引き締まった桃色の歯茎まで舐めると、怖《お》ず怖ずと咲の歯が開かれた。

口の中は、さらに濃厚な果実臭が可愛らしく満ち、舌をからめると、トロリと唾液に濡れて滑らかな感触が伝わってきた。

「ね、上になって……」

文二は言って仰向けになり、咲に上から唇を重ねてもらった。

彼女が下向きになると、生温かく清らかな唾液が舌を伝い流れてきた。

文二は嚙《か》み切ってしまいたいほど柔らかな舌を味わい、うっとりと美少女の唾液で喉を潤した。

「ねえ、もっと唾《つば》を出して」

「駄目よ、汚いわ……」

唇を触れ合わせながらせがむと、咲が小さく答えた。

「お願い、いっぱい飲みたいんだ……」

言いながらなおも執拗《しつよう》に舌をからみつけると、咲も次第に言いなりになってくれ、大量の唾液をトロトロと口移しに注ぎ込んでくれた。

美少女の唾液は芳香を含んだ小泡が多く、ネットリとした適度な粘《ねば》り気を持って、心地よく彼の喉を潤してきた。

やがて文二は、咲の唾液と吐息を心ゆくまで堪能《たんのう》し、そっと口を離すと、彼女の顔を押しやって自分の胸へと移動させた。

「舐めて……」

言うと、咲も熱い息で彼の肌をくすぐりながら、チロチロと乳首を舐めてくれた。

文二は心地よさに身悶《みもだ》え、言えばすぐしてくれることが嬉しくてならなかった。

「嚙んで……」

「ええ？　大丈夫……？」

「うん、強く嚙んで……」

勃起した一物を震わせながら言うと、咲もチュッと彼の乳首に吸い付き、愛らしい歯をそっと立ててくれた。

「もっと……、ああ、気持ちいい……」

甘美な痛み混じりの快感に喘ぐと、咲もやや力を込めてキュッキュッと嚙んでくれた。そして、もう片方の乳首も充分に愛撫してもらうと、さらに彼は咲の顔を股間へと押しやった。

「ね、ここいじって……」

見せつけるように幹《みき》を上下にヒクヒク震わせて言うと、咲も恐る恐る指で触れ、ほんのり汗ばんで生温かな手のひらに握り、柔らかく包み込んできた。

せがむように脈打たせると、咲もニギニギと動かしてくれた。

「ああ、いい気持ち、もっと強く……」

「変な形……、生温かくて気味が悪いわ……」

文二が喘ぐと、咲も正直な感想を言いながら愛撫してくれた。

「ほんの少しでいいから、おしゃぶりして。ここだけは噛まないで……」

文二が興奮に息を弾ませて言うと、咲もそろそろと顔を寄せてきてくれた。好奇心もあるだろうし、自分も陰戸を舐めてもらい気持ち良かったからだろう。

彼は大股開きになり、その真ん中に彼女を陣取らせた。咲は、近々と一物を見つめながら、とうとうそっと唇を先端に触れさせ、鈴口から滲《にじ》む粘液を拭《ぬぐ》うようにチロリと舐めてくれた。

「アア……、気持ちいい……」

文二は無垢な舌に舐められ、痺《しび》れるような快感に包まれて喘いだ。

咲も、彼が喘ぐのでためらいも消えたか、チロチロと舌を動かしてくれ、さらに丸く開いた口でパクッと亀頭を含んでくれた。

熱い鼻息が恥毛に籠もり、濡れた口が幹を締め付け、内部では舌が蠢いていた。

そっと股間を見ると、咲は小さな口に精一杯肉棒を頬張り、笑窪《えくぼ》の浮かぶ頬をすぼめて吸っていた。

一物は美少女の清らかな唾液にまみれて快感に震え、絶頂を迫らせた。

「袋の方も舐めて……」

暴発を堪《こら》えて言うと、咲はチュパッと口を離し、ふぐりにも舌を這わせてくれた。

睾丸が転がされ、熱い鼻息が唾液に濡れた幹の裏側をくすぐると、文二はゾクゾクと震えるような快感に包まれた。

「ね、上から跨《また》いで入れてみて。嫌だったら止《よ》していいから……」

言うと、咲は少し戸惑《とまど》いながらも身を起こし、恐る恐る彼の股間に跨がってきた。

どうやら、初物をくれる気になったようだ。

自らの唾液に濡れた幹にそっと指を添え、先端を陰戸に押しつけ、意を決したように息を詰めて咲が腰を沈み込ませてきた。

大量のヌメリに助けられ、張りつめた亀頭が無垢な膣口を丸く押し広げ、ズブリと潜り込んだ。

「あう……！」

咲が眉《まゆ》をひそめビクッと顔をのけぞらせて呻き、それでも座り込むと、一物はヌルヌルッと根元まで陰戸を貫《つらぬ》いてしまった。

彼女はぺたりと座り込み、股間を密着させ、上体を反らせたまま硬直した。

中は熱く濡れ、キュッときつく彼自身が締め付けられた。

やはり同じ生娘でも、最初から感じた弥生とは違い、咲は破瓜《はか》の痛みにしばし声も発せられないようだ。

文二も、きつい締め付けと熱いほどの温もりに包まれ、憧《あこが》れの美少女と一つになった感激と快感に満たされた。

両手を伸ばして引き寄せると、咲もそろそろと身を重ねてきた。

彼は下から抱き留め、じっと美少女の感触を嚙み締めたのだった。

三

「動いても大丈夫？」

文二が下からしがみつきながら囁《ささや》くと、咲は奥歯を嚙み締め、彼の首筋に顔を押しつけながら小さく頷いた。

様子を見ながら小刻みに股間を突き上げると、肉襞の摩擦《まさつ》が心地よく幹を刺激し、いったん動くと快感に止まらなくなってしまった。

クチュクチュと湿った摩擦音も聞こえて、淫水の量も申し分なかったが、突き上げるたびに咲がウッと苦しげに息を詰めて呻いた。

文二は顔を向け、愛らしい唇に舌を這わせ、中にも差し入れていった。甘酸っぱい息を嗅ぎながら舌をからめると、彼女もチュッと吸い付いてきた。

美少女の唾液と吐息に高まり、思わず股間の突き上げを激しくさせてしまうと、

「ンンッ……！」

咲が熱く呻き、やがて嫌々をして唇を離した。

「も、もう堪忍《かんにん》……」

「うん、分かった」

彼女が哀願するように言うので、文二も最後までするのは諦めて動きを止めた。

すると咲も、そろそろと股間を引き離し、ゴロリと横になった。

文二は身を起こし、彼女の股間に顔を潜り込ませて陰戸を覗き込んだ。

陰唇が痛々しくめくれ、淫水にまみれて息づく膣口の周りには、僅《わず》かながら出血があった。

顔を埋め、若草に籠もった可愛らしい体臭を嗅ぎながら舐めてやると、

「アア……」

咲が喘ぎ、痛そうに腰をよじった。

「大丈夫……？」

「ええ……、でも今日は、もう入れないで。この次は、もう少し平気になっていると思うから……」

咲が健気《けなげ》に言い、やがて身を起こしてきた。

「洗いたいわ。井戸を使わせて……」

「うん」

文二も起き上がり、彼女を支えて立たせながら、一緒に勝手口の方へ行った。

井戸端は葦簀《よしず》が立てかけられているので、垣根越しに見られることもない。

文二が水を汲《く》んでやると、咲は自分で陰戸を洗い流した。

やがて彼は簀《す》の子《こ》に座り、洗い終えた咲を目の前に立たせた。

「ね、ゆばりを出して」

「ええっ！　出来ないわ、そんなこと……」

「ほんの少しでいいから。こうして」

文二は言いながら、彼女の片方の足を井戸のふちに乗せさせ、股を開かせて、そこに顔を寄せた。

すでに血も止まり、体臭も薄れてしまった。

「ああン、無理よ……」

咲は声を震わせながら言ったが、文二は腰を抱え、股間に顔を埋めた。

舌を這わせると、それでも新たな淫水が溢れ、淡い酸味のヌメリで舌の動きが滑らかになった。

そして彼女も、懸命に尿意を高めようと下腹に力を入れはじめてくれた。しなければ終わらないと思ったか、あるいは出したくなったのかも知れない。

咲が息を詰めて力むたび、割れ目内部の柔肉が迫り出すように盛り上がり、何とも艶《なま》めかしい蠢きをした。

「あ……、出そう……、いいの？　本当に……、あう！」

柔肉を吸われ、咲が爪先立つようにして呻いた。

すると間もなく、舐めている柔肉の味わいと温もりが急に変化した。温かな潤いが満ちてポタポタと滴《したた》り、すぐにチョロチョロとした一条の流れになって彼の口に注がれてきた。

「アア……」

咲は熱く喘ぎながら下腹をヒクヒクさせ、放尿をはじめてしまった。

文二は嬉々として受け止め、美少女の出したものを飲み込んだ。味も匂いも淡く、何の抵抗もなく喉を通過するのが嬉しかった。

溢れた分が胸から腹に伝い、さっきから勃起したままの一物を温かく浸した。

ゆばりも一瞬勢いを増したが、やがて弱まっていった。

文二は直接割れ目に口を付け、余りの雫《しずく》をすすり、濡れた内部を舐め回した。

「あうう……、文二さん、もう堪忍……」

咲が呻き、立っていられないほど膝をガクガクさせ、とうとう乗せていた片足を下ろした。

文二も股間から顔を離して残り香を味わい、もう一度互いに身体を流し、拭いてから全裸のまま部屋へと戻った。

もちろん彼は、まだ射精していないので、どうにも出さないことには興奮が治まらなかった。

「ね、じゃお口でして……」

仰向けになって言うと、咲も素直に屈み込んできた。

文二は彼女の下半身を引き寄せ、女上位の二つ巴《どもえ》の体勢で陰戸を見上げた。

咲もスッポリと一物を喉の奥まで呑《の》み込んでくれ、熱い息でふぐりをくすぐりながら舌をからめてくれた。

彼が下からズンズンと股間を突き上げると、

「ンン……」

咲は小さく呻きながらも、自分も顔を上下させて口で摩擦し、たっぷりと唾液にまみれさせてくれた。

文二は高まり、陰戸を舐めると痛いだろうから、伸び上がるようにして彼女の腰を抱え、尻の谷間に顔を埋め込み、可憐な蕾に舌を這わせた。

咲もくすぐったそうにクネクネと尻を動かしながら、懸命に強烈な愛撫を続けてくれた。

すると陰戸から、ツツーッと綺麗な蜜汁が滴ってきた。

「く……！」

それを舌に受けた途端、たちまち文二は昇り詰めてしまい、大きな快感に全身を貫かれながら呻いた。同時に、熱い大量の精汁をドクンドクンと勢いよくほとばしらせ、美少女の喉の奥を直撃した。

「ク……」

噴出を受け止めながら、咲が驚いたように呻き、反射的にキュッと強く吸い付き、口の中を締め付けてくれた。

文二は快感に身悶えながら、情交するように股間を突き上げ、心置きなく最後の一滴まで出し尽くしてしまった。すっかり満足しながら力を抜き、彼は美少女の陰戸と尻を見上げながら荒い呼吸を繰り返し、快感の余韻に浸り込んだ。

咲は亀頭を含んだまま、口に溜まった精汁をゴクリと飲み下してくれ、文二はキュッと締まる口腔に刺激され、ヒクヒクと幹を震わせた。そして余韻に浸りながら、濡れた陰戸をヌラリと舐めると、

「あん……」

咲は声を上げ、一物から口を離した。

すると彼女も、まだ雫の滲む鈴口を丁寧に舐め回してくれ、ようやく彼の上から身を離していった。

「不味《まず》くなかった?」

「ええ、大丈夫……」

訊くと、咲も小さく答え、チロリと舌なめずりした。

やがて文二は呼吸を整えてから身を起こし、咲に腰巻から順々に着付けを教わって女姿になっていった。

やはり着付けも化粧も、咲にしてもらうと上手すぎて弥生に怪しまれるだろう。

あくまでも、自分で行なわないといけない。

襦袢を着け、着物を羽織ってお端折りをし、順々に紐を結んで襟《えり》や裾《すそ》を整えて、帯は引き結びにした。

さらに乱れた白粉を直し、咲に教わりながら自分で鏡を見て口紅を引いた。

「紅を描くときは、口より小さめに」

咲も、滅多《めった》に化粧などしないが丁寧に教えてくれた。

そして鬘をかぶり、髪の乱れを整えると出来上がった。

「綺麗だわ。本当にお武家の娘みたい」

咲が見惚《みと》れて言い、文二はまたモヤモヤと股間が疼《うず》いてきてしまった。もう気味悪くはなく、何やら会ったこともない操の着物に包まれるのが、心地よくさえ感じられはじめていた。

やはりきっちり着付けると、心持も変わってくるのかも知れない。

「じゃ、私帰るわ。大前屋の女将さんには、うまく言っておくから」

「うん、頼むよ。その前に、もう一度だけ口吸いを……」

文二は言って咲を抱き寄せた。

「駄目よ、紅が溶けるから」

「じゃ、べろを出して……」

言いながら舌を伸ばすと咲も顔を寄せてくれ、舌先同士を触れ合わせ、チロチロと動かしてくれた。

文二は生温かな唾液に濡れた舌の滑らかな舌触りと、美少女の甘酸っぱい息の匂いに激しく勃起してしまった。

しかし、また始めてしまうわけにもいかない。

そろそろ弥生も道場から帰ってくる頃だろう。

やがて舌を引っ込めると咲は帰って行き、文二も着崩れないよう静かに弥生の帰りを待ったのだった。

四

「ああ……、操……、いや、文二、前より綺麗になっている……」

帰宅した弥生が彼を見て言い、抱きすくめようとしてきたが止《や》めた。

「その前に、外へ出よう」

「え……?」

「着付けも化粧も、それだけ上出来なら誰も男とは気づくまい。操とよくお詣《まい》りした鬼子母神《きしもじん》だ。さあ」

手を引かんばかりに言われ、文二も決意した。

黒門町の方へ行かなければ、まず知り合いに会うこともないだろう。

やがて彼は女物の草履《ぞうり》を履き、大小を帯びた弥生と一緒に外へ出た。

「大股にならぬよう、ゆっくり歩け」

弥生は、自分も普段のような早足にならぬよう気遣いながら言った。

女同士だから、並んで歩いても誰も変に思わず、通行人も男装の美女と可憐な娘の取り合わせをチラと見るだけで、何事もなくすれ違っていった。

文二も春の陽射しの下に出て、外股にならぬよう気をつけながら歩くうち、次第に平気になっていった。

近くの鬼子母神に行くと、境内《けいだい》には甘酒や飴《あめ》売り、稲荷寿司《いなりずし》や煎餅《せんべい》屋などが並び、参拝の人も多かった。正式には真源寺《しんげんじ》と言い、安産や子育ての御利益《ごりやく》があり、夏には朝顔市も開かれる名所だ。

恐らく操も、いずれ嫁に行って幸せになるよう弥生が連れて来ていたのだろう。

お詣りを終えると、裏道を通って帰途についた。

さすがに水茶屋で休む気にはならないし、参拝が済めば、弥生も早く帰って情交したいのだろう。

すると、境内の喧噪《けんそう》を離れた寂しい道で、二人の男と行き会った。

「おや、美形揃いだな。姉妹かな。少し酒の相手でもしてくれぬか」

すでに酔っているらしい、大柄で髭面《ひげづら》の町奴《まちやっこ》たちだ。

「道を空けろ。下卑《げび》た目でその娘を見るな。汚《けが》らわしい」

「なにい！」

弥生の凜《りん》とした言葉に二人は怒気を漲《みなぎ》らせ、摑《つか》みかかろうとしてきた。

そこへ弥生が素早く鞘《さや》ぐるみ大刀を前に突き出すと、柄頭《つかがしら》が激しく男の水月にめり込んだ。

「むぐ……！」

強烈な柄当てに男は呻き、前屈みになった。

するともう一人が、弥生は手強いと見て文二の方に迫ってきたではないか。

「うわ……！」

文二は一瞬立ちすくみながらも、咄嗟《とっさ》に男の股間を蹴り上げていた。

「げっ……！」

爪先が見事に金的に炸裂《さくれつ》し、男が奇声を発して硬直した。

しかし、もともと喧嘩などしたことがないから、無意識に出た蹴りに自分で驚き、
文二は座り込みそうなほど動揺した。

変に攻撃し、さらにひどいことをされるのではないかと恐れたのだ。

しかし、その男の脾腹《ひばら》に、背後から弥生が抜刀して、強《したた》かな峰打《みねう》ちを叩き込んでいた。さらに返す刀で、最初の男の背を叩くと、ひとたまりもなく二人とも昏倒して地に転がった。

「莫迦《ばか》、娘が蹴りなど繰り出すな!」

「も、申し訳ありません……」

弥生に叱咤《しった》され、文二は身を縮めた。

「とにかく行こう。人が来ると困る」

弥生は素早く納刀して言い、急ぎ足で路地を抜けようとした。文二も裾に気をつけながら小走りに従った。

幸い、誰にも見られなかったようだが、路地を出る辺りで、一人の男が待ち構えていたのだ。

「いやあ、操さんかと思ったら、男か」

「げ、玄庵《げんあん》先生……」

五十を少し出たぐらいの、縫腋《ほうえき》を着た男が言うと、弥生も慌てて辞儀《じぎ》をした。

薬箱を持っているので、どうやら医者らしい。

すると彼も踵《きびす》を返し、足早の二人に合わせて一緒についてきた。

そして角を二つぐらい曲がり、家に近づくとようやく三人は歩調を緩め、文二は呼吸を整えた。

「驚いたよ。わしが看取《みと》った操さんがいるものだから」

「ええ、そっくりな子を見つけたもので」

どうやら操を診てくれていた医者のようだ。

あとで聞くと、名は結城《ゆうき》玄庵。本来は小田浜藩《おだはまはん》の御典医《ごてんい》らしいが、町医者のようなこともしているらしい。

「そうか。あまり執着せん方が良いぞ」

「はい、分かってます。今日のお詣りで、だいぶ気持ちの整理も済みました」

「うん、それでいい。お前は町人の子か」

玄庵に言われ、文二も思わず男の声で答えた。

「はい。黒門町の履物屋、大前屋の倅《せがれ》で文二と申します」

「おお、前に買いに行ったことがあるよ。なるほど、これだけ似ていれば弥生さんの心も乱れよう。男のなりの女に、女のなりの小僧か。あはは」

玄庵は笑い、やがて角で手を振って別れていった。

「あ、あの先生は、弥生様と操様の仲もご存じなのですか……」

「人情に厚いが、何でも見通すようなところがある。言ったわけではないが、うすうす察していただろう」

弥生は答え、二人は家に戻っていった。

ようやく文二も、町奴にからまれた動揺からも立ち直り、奥の部屋で二人きりになって淫気に包まれはじめた。

咲が居た痕跡《こんせき》がないか気になったが、弥生もまた淫気を全開にして、何も気づかないようだった。

すぐにも彼女は大小を置いて袴《はかま》を脱ぎ、床《とこ》を敷き延《の》べて帯を解き、着物を脱いでたちまち一糸まとわぬ姿になっていった。

「お前はまだ脱がなくてよい。しばし操になっていてほしい」

弥生は言い、全裸で布団に仰向けになった。そして彼を顔の近くに立たせ、足首を摑んで顔に乗せたのである。

「あ……、い、いけません……」

文二はよろけて、壁に手を突いて身体を支えながら声を震わせた。しかし弥生は構わず彼の脚を押さえ、真下から足裏に舌を這わせてきた。

どうやら、弥生は強いだけに、か弱い操に虐《しいた》げられる行為を好んでいたのだろう。

「ああ……、もっと強く踏んで……」

彼女は舐めながら言い、文二も足裏に武家娘の鼻や唇を感じながらガクガクと膝を震わせた。

何しろ弥生も、女装した文二を徐々に操ではないと納得しはじめている頃なのだ。そうでなくても武家で旗本の、男勝りに剣術の腕も気位も高い彼女を踏むのは恐ろしかった。

さらに弥生は、彼の爪先にしゃぶり付き、吸い付きながら全ての指の股にヌルッと舌を割り込ませてきた。

「アア……」

文二は、美女の温かく濡れた口の中で指を縮めながら畏《おそ》れ多さに喘いだ。

やがてしゃぶり尽くすと、弥生は足を交代させ、文二はもう片方も嫌と言うほど舐め回された。

「裾をめくって、向こう向きに跨いでしゃがみ込んで」

弥生が、真下からさらに恐ろしいことを命じてきた。もちろん拒めず、文二は震えながら、無礼打ちにされても仕方のない行為をした。

文二は着物と腰巻の裾をめくり、そろそろと弥生の顔に跨がり、しゃがみ込んでいった。

反対向きだから、下には弥生の息づく乳房や腹、股間の茂みからスラリとした脚が見えていた。見えないのは、彼女の表情だけである。

厠に入ったように完全にしゃがみ込むと、尻の谷間を生温かな息がくすぐり、舌先がヌラリと肛門を舐めてきた。

「あう……」

くすぐったい快感に、文二は思わず呻いた。

弥生はまだ彼を操と思って扱っているので、一物やふぐりは見たくないのだろう。舌先がチロチロと肛門に這い回り、さらにヌルッと潜り込んできた。

「く……！」

文二は快感に呻き、キュッと弥生の舌先を肛門で締め付けた。

なおも彼女が内部で舌を蠢かせると、すっかり勃起した一物は、内側から操られるようにヒクヒクと上下した。

ようやく気が済んだように、弥生の舌が引き抜かれた。

「一緒に寝て……」

やがて弥生がしおらしい声で招くので、文二は急いで彼女の顔の上から離れて添い寝した。

全裸の彼女は文二に腕枕してくれ、近々と顔を覗き込んだ。文二は、あまりに熱い視線が眩《まぶ》しく、薄目になって弥生の匂いに包まれた。

五

「ああ、可愛い……、姉上と呼んで……」

弥生に囁かれ、文二は男の声にならぬよう囁くようにか細く答えた。

「姉上様……」

すると彼女は文二の頬に優しく手を当て、そっと唇を重ねてきた。紅が移るのも構わずピッタリと密着させ、舌を潜り込ませた。

文二も歯を開いて受け入れ、からみつく舌を味わい、熱く湿り気ある花粉臭の息に鼻腔を刺激された。

「ンン……」

弥生は熱く鼻を鳴らし、執拗に舌をからめてから、ようやく唇を離した。

「私を、気持ち良くさせて……」

弥生が言い、彼の顔を下方へと押しやった。

文二も素直に移動し、稽古を終えて汗の味のする首筋を舐め下り、色づいた乳首にチュッと吸い付きながら、もう片方にも指を這わせた。

「アアッ……！」

弥生が身を反らせて喘ぎ、うねうねと引き締まった筋肉を躍動させて悶えた。

甘ったるい汗の匂いが悩ましく漂い、文二は左右の乳首を交互に含んでは舌で転がし、ときに強く吸い付き、軽く歯を当ててコリコリと刺激した。

「あうう……、もっと強く……」

弥生が身をくねらせ、さらに濃厚な汗の匂いを揺らめかせた。

文二は充分に愛撫してから腋の下に顔を埋め込み、汗に湿った腋毛に鼻を擦りつけて濃い体臭に酔いしれた。

充分に嗅いでから脇腹を舐め下り、腹に移動して臍を舐め、引き締まった下腹から腰、太腿へと舌を這わせていった。

弥生もすっかり受け身の体勢になり、目を閉じて息を弾ませていた。

彼は長い脚を舐め下り、脛《すね》の体毛を味わい、足裏まで移動していった。

自分がされたように、大きく逞《たくま》しい足裏を舐め、指の股に鼻を押しつけて嗅いだ。

今日も汗と脂にジットリ湿り、蒸れた匂いが濃く籠もっていた。文二は美女の足の匂いを貪り、爪先にしゃぶり付いた。

硬い爪をそっと噛み、全ての指の股を舐めてから、もう片方も味わい、やがて脚の内側を舐め上げ、内腿をたどって股間に顔を迫らせていった。

「ああ……」

弥生が期待に声を洩らし、せがむように自ら大胆に大股開きになっていった。

割れ目からはみ出した陰唇は興奮に色づき、内から溢れる蜜汁にネットリと潤っていた。

文二は汗に湿った茂みに鼻を埋め込み、濃厚な体臭とゆばりの匂いを貪り、濡れた陰戸に舌を這わせていった。

舌を差し入れ、息づく膣口の襞をクチュクチュと掻き回し、淡い酸味のヌメリをすすり、大きめのオサネまで舐め上げげた。

「アアッ……、いい気持ち……」

弥生が顔をのけぞらせて熱く喘ぎ、内腿でムッチリときつく文二の両頰を挟み付けてきた。

彼も腰を抱えて執拗にオサネを吸い、舌で弾くように舐め、歯も軽く当ててコリコリと刺激した。白い下腹がヒクヒクと波打ち、淫水は後から後から泉のように湧き出してきた。

さらに腰を浮かせ、文二は弥生の尻の谷間に鼻を押しつけ、顔中を双丘に密着させた。おちょぼ口の蕾にも汗の匂いが籠もり、それに秘めやかな微香も悩ましく入り混じっていた。

文二は匂いを貪りながら舌先でチロチロと蕾を舐め、ヌルッと潜り込ませて滑らかな粘膜も味わった。

「あうう……、もっと深く……」

弥生が呻きながら言い、モグモグと肛門を収縮させて彼の舌を締め付けた。

文二は内部で充分に舌を蠢かせてから、やがて引き抜き、再び陰戸に戻って新たなヌメリをすすり、オサネに吸い付いていった。

「い、いきそう……！　操……、噛んで……」

弥生が、次第にガクガクと腰を跳ね上げながら声を上ずらせた。

文二も上唇で包皮を剝き、完全に露出した突起を強く吸い、さっきより強めに噛んで刺激した。

「アア……、い、いく……、ああーッ……！」

たちまち弥生が声を上げ、狂おしく痙攣《けいれん》しながら淫水をほとばしらせた。

文二ももがいて上下する股間に必死に追いつきながら愛撫を続け、やがて彼女がグッタリとなると、ようやく舌を引っ込めた。

そろそろと股間から離れると、

「文二、お前も脱いで……」

弥生が息を弾ませて言った。

どうやら操の役は終わりで、男に戻ってよいようだ。

文二は鬘を取り、手早く帯を解いて着物を脱いでいった。そして襦袢と腰巻まで脱ぎ去って全裸になると、弥生に添い寝した。

すると彼女がノロノロと顔を移動させ、文二の股間に屈み込んできた。

そして屹立《きつりつ》した幹を握り、熱い息を吐きかけてきた。

「ああ、こんなものを付けて……、嚙み切ってしまいたい……」

弥生が股間から囁くので、文二はドキリとした。

もちろん嚙まれることはなく、弥生は幹を握って動かしながら、先にふぐりから舐め回してきた。

二つの睾丸を舌で転がし、袋全体を唾液に生温かく濡らしながら、玉にチュッと吸い付いてきた。

「あう……」

文二は思わず腰を浮かせて呻いたが、彼女も痛いほど力は込めなかった。

やがて弥生は肉棒の根元から裏側を舐め上げ、先端にまで舌を這わせてきた。

そして舌先でチロチロと鈴口を舐め、滲む粘液をすってくれた。

この一物が、つい先ほど生娘の初物を奪い、無垢な口に射精したと知ったら、弥生はどんなに怒ることだろう。

さらに彼女はスッポリと喉の奥まで肉棒を呑み込み、上気した頬をすぼめて吸い、熱い鼻息で恥毛をそよがせながら舌をからめてきた。

「ああ……、弥生様……」

文二は温かく濡れた武家女の口腔に根元まで含まれ、舌に翻弄《ほんろう》されながら喘いだ。

生温かな唾液が一物を心地よく浸し、急激に絶頂を迫らせた幹がヒクヒクと口の中で震えた。

弥生は舌鼓《したつづみ》でも打つように舌の表面と口蓋《こうがい》に挟み付け、やがて彼が漏らしてしまう前にスポンと口を引き離した。

そして身を起こして一物に跨がり、濡れた先端を陰戸に押し当て、位置を定めて腰を沈み込ませてきた。

やはり仕上げは、男女の行為になるようだった。

「アアッ……、奥まで響く……」

ヌルヌルッと一気に受け入れると、弥生が顔をのけぞらせて喘いだ。

文二も肉襞の摩擦と締め付けに暴発を堪え、股間に美女の重みと温もりを受け止めながら快感を嚙み締めた。

彼女は味わうようにキュッキュッと締め付け、股間全体を擦りつけるように動かしてから、やがて身を重ねてきた。

文二も下から両手でしがみつき、大柄な美女に組み伏せられる形になった。

「ああ……、突いて、お前も強く下から……」

弥生が腰を遣いながら言い、キュッと彼の耳に歯を立ててきた。

「あうう……、どうか、もっと強く……」

甘美な痛みに身悶えながら、文二もズンズンと股間を突き上げはじめた。

大量に溢れる蜜汁が律動を滑らかにさせ、ピチャクチャと淫《みだ》らに湿った摩擦音が響き、彼のふぐりから内腿まで濡れてきた。

互いの動きが一致し、肌のぶつかる音も入り交じると、弥生は息を弾ませながら彼の頰にも軽く歯を立て、やがてピッタリと唇を重ねてきた。

舌をからめ、生温かくトロリと注がれる唾液で喉を潤しながら、たちまち文二は昇り詰めてしまった。

「い、いく……、アアッ……！」

口を離して突き上がる快感に喘ぎ、ありったけの精汁をドクンドクンと勢いよく奥にほとばしらせると、

「き、気持ちいい……、ああーッ……！」

弥生も噴出を受け止めた途端に気を遣ったように声を上ずらせ、ガクガクと狂おしく全身を痙攣させた。

膣内の収縮も高まり、文二は下から股間をぶつけるように突き動かしながら、最後の一滴まで出し尽くした。

「ああ……、弥生様……」

文二が徐々に動きを弱めながら喘ぐと、弥生も次第に肌の強《こわ》ばりを解いて、グッタリと力を抜いてもたれかかってきた。

まだ膣内の収縮は続き、刺激された亀頭が内部でヒクヒクと震えた。

「アア……、溶けてしまいそうに気持ち良い……」

弥生が熱い息で喘ぎ、なおもきつくキュッと締め上げてきた。

文二も力を抜いて身を投げ出し、美女の重みと温もりを受け止めた。

そして熱く甘い息を間近に嗅ぎながら、うっとりと快感の余韻に浸り込んでいったのだった。

第三章　武家の妻女の熱き蜜汁

一

「あら、どなた？　弥生さんは」

訪《おとな》う声がするので玄関に出ると、二十半ばの新造《しんぞ》が立っていた。

「私は、お手伝いに奉公している大前屋の文二と申します。弥生様は道場に行かれました」

文二は端座して答え、今日は男姿で良かったと思った。

弥生も、どうやら操を吹っ切りつつあり、よほどの慕情にかき立てられぬ限り、もう文二に女装は命じなくなっていた。

「左様《さよう》ですか。道場へ通うほど元気になったのなら安堵しました。私は篠原絹《しのはらきぬ》。弥生さんの兄嫁です」

「そうですか」

文二は、恐縮して深々と頭を下げた。

旗本の妻女なら、新造ではなく奥方である。絹は実に上品な物言いで、眉《まゆ》を剃《そ》りお歯黒を塗った表情も穏やかで、何とも気品に満ちた美形だった。

「どうか、お上がりくださいませ。お帰りには、まだだいぶ間がありますが」

「ええ、弥生さんのことなど伺いたいので、では少し」

言うと絹は上がり込んできた。お供も連れず、一人で来たようだ。

文二は座敷に通そうとしたが、どうやら勝手を知っているようで、彼女は文二の部屋へ入ってきたのである。そこは操の人形が寝かされていた部屋で、まだ床《とこ》が敷き延《の》べられたまま、隅には生き人形の首も置かれ、多くの小間物や着物もそのままになっていた。

「まだ、操さんのことを思っているようですか」

絹は座り、室内を見回して言った。

「だいぶ、落ち着かれたようです」

「そう、それよりなぜ町人のお前がここに？」

「うちは黒門町で履物屋をしておりますが、弥生様に何かとごひいきにして頂き、次男坊の私にご奉公のお話をくださったのです」

「それだけではないでしょう？　どうか正直に」

絹にじっと見つめられながら言われ、文二も意を決して答えた。

「実は、亡くなった操様という方に瓜《うり》二つと言われ、それで……」

「ああ、やはり。私もお前を見て、おやと思いました。それで、どうしたのです」

「どうか、このことは誰にも……」

「承知しております。私も弥生さんが心配で伺ったのですが、次第によっては私だけの胸に秘めておきますので」

言われて、文二も安心した。

この家での弥生の行ないが広まれば家名の恥になると、終いに自分は斬られるのではないかと心配していたのだ。

「操様の着物を着せられ、お化粧されました」

「ああ……、そのようなことを……。生き人形などを作らせるより、まだましかとは思うのですが……」

どうやら絹も同い年ぐらいの女同士、弥生の執着に関しては、ある程度察していたようだった。

「でも、私に操様の格好をさせるのも、最初のうちだけで、今はだいぶ吹っ切られたようです」

「お前に操さんの格好をさせ、何をしたのです」

「そ、それはどうか……」

「決して、旦那様にも誰にも言いません。どうか有り体《ていい》に」

「ほ、陰戸《ほと》を舐《な》めさせせられました」

「まあ……！」

言うと、絹は色白の頰《ほお》を紅潮させて息を吞《の》んだ。

「そ、そのようなことを、町人とは言え……。お前も嫌だったでしょう……」

「元より、お武家様に命じられれば拒《こば》めませんが、嫌ではございません」

「なぜ。ゆばりを放つところですよ」

絹の常識の中では、そのような行為は有り得ないもののようだ。

「たいそう喜んで頂けるので、私も嬉しく思い、言われるままご奉仕致しました」

情交までしたかと訊かれれば頑《がん》として白《しら》を切るつもりだったが、そこまでは絹も有り得ぬこととして、訊いてこなかった。

「そう……、何ということを……」

絹は嘆息して言い、文二の鼻腔をふんわりと甘い匂いがくすぐった。

「では操さんとも、そのような行為を……」

「私は、それはよく存じません……」

文二が答えると、それでも絹は察したように、また小さく嘆息した。

「実は、旦那様も心配しているので、十九になる綾乃《あやの》という私の妹に、ここへ手伝いに来させようと思うのです」

「そうなのですか……」

「まあ操さんとは似ても似つかぬ顔立ちだから、妙なことにはならないでしょう。綾乃と弥生さんが、ともに良い家へ嫁《とつ》げるよう、二人で力を合わせて家のことなど学ばせようと思います。それを弥生さんにお伝えください」

絹が言う。

してみると、綾乃が来た時点で、文二もお払い箱になるようだった。

「承知しました。お伝え致します」

「では私はこれにて。あ……」

言うなり、絹は声を洩《も》らして屈《かが》み込んでしまった。

「ど、どうなさいました……」

「大事ありません。少しお乳が張って苦しいだけです……」

絹は言い、ほんのりと脂汗を滲《にじ》ませた。どうやら、さっきから感じる甘い匂いは、乳汁のようだった。

あとで聞くと、絹は二人目を産んで半年ほどになるようだ。

「どうか、少しお休みになってくださいませ」

「ええ、では失礼して少し緩めます……」

絹は、帯締めを解き、帯を解きはじめた。居て良いものかどうか分からないが、だいぶ苦しそうなので文二も解くのを手伝った。

シュルシュルと帯を引き抜くと、さらに絹は着物を脱ぎ、紐《ひも》を解いて襦袢《じゅばん》の胸元を緩めた。

そっと窺《うかが》うと、胸には乳漏れ用の布を当てていた。胸元が寛《くつろ》げられると、さらに生ぬるく甘ったるい匂いが解放されて揺らめいた。

絹は、そっと布団《ふとん》に身を横たえて身体を休めた。横向きになると、さらに襦袢の胸元が開いて、白く豊かな膨《ふく》らみがこぼれ、濃く色づいた乳首にポツンと乳汁の雫《しずく》が浮かんでいるのが見えた。

「あの、出て行きましょうか。それとも、お吸いした方が楽になるでしょうか」

文二は、モヤモヤと淫気を覚えながら、恐る恐る言ってみた。

「嫌でなければ、お願いします……、吸ったら、これに吐き出して……」

絹が答えて懐紙を出し、自ら胸元を開いて完全に膨らみを露出させた。

まさか、応じてくれると思わなかったので、文二はそろそろと添い寝するように横たわり、乳房に迫っていった。

すると絹は腕枕してくれ、彼も甘い匂いに包まれながら、そっと乳首を含んだ。

唇《くちびる》に挟んで吸い、舌を這《は》わせると、ヌルリとした乳汁が感じられ、口の中にも甘い匂いが広がった。

滲んだ分は味わえたが、続きがなかなか出てこない。すると絹が、絞り出すように膨らみを揉《も》んでくれた。さらに乳首の芯《しん》を強く挟み付けるように吸うと、ようやく生ぬるい乳汁が漏れてきた。

文二は薄甘い乳汁を味わい、もちろん吐き出したりせず飲み込んだ。

「ああ……、飲まなくて良いのに……」

絹が息を弾ませて言い、なおも絞り出してくれた。

乳の匂いに混じり、乱れた襦袢の奥からは、汗ばんだ腋《わき》の匂いも甘ったるく漂《ただよ》い、それに、白粉《おしろい》のように甘い息の匂いも上から吐きかけられ、文二は旗本の奥方の匂いの渦《うず》の中で激しく勃起してしまった。

あらかた出なくなるまで吸うと、硬く張っていた膨らみが心持ち柔らかくなってきたように感じられた。

見ると、もう片方の乳首からも雫が溢《あふ》れ、膨らみを伝い流れていた。

「こっちも……」

絹が言ってこちら向きになると、文二も口を離し、もう片方の乳首を含んだ。

同じように絹が膨らみを揉みしだき、文二もすっかり慣れた感じで吸い付くと、新鮮な乳汁が溢れてきた。

彼は顔中を膨らみに押しつけて体臭を嗅ぎ、頰が痛くなるまで吸い付き、溜まった乳汁を吸い出して飲み込んだ。

「アア……、もっと強く……」

絹が、うねうねと艶《なま》めかしく熟《う》れ肌をくねらせて喘《あえ》ぎ、何度かビクッと激しく顔をのけぞらせた。

どうやら張った乳の痛みが和《やわ》らいでくると、徐々に言いようのない熱い淫気も高まってきたようだった。

まして義妹《いもうと》が、陰戸を舐めさせている小僧に乳を吸わせているのだ。

そうした話も、彼女の胸に衝撃的に深く刻まれているのだろう。

そして二人の子を産んだら、もう夫との情交も少なくなり、快楽を覚えたばかりなのに満たされていないに違いなかった。

そう思った途端、絹は文二に乳を吸わせながら彼の手を握り、そろそろと股間へと導いていったのである。

二

「ね、少しで良いから、ここをいじって……」

絹が言い、彼を胸に抱きすくめた。文二も乳首を吸いながら手探りで柔らかな茂みを掻《か》き分け、陰唇をいじってみた。

すると、すでに熱い蜜汁が大量に溢れ出し、指の動きを滑らかにさせた。

指先で膣口を探り、柔肉を撫《な》で上げてコリッとしたオサネに触れると、

「あう……、そこ、もっと……」

絹が身悶《みもだ》えながらせがみ、さらに熱い淫水を漏らしてきた。

もちろん来たときは、そのような目的など夢にも抱いていなかっただろう。文二に会い、弥生の陰戸を舐めて奉仕していると聞き、乳首を吸われて高まりながら、自分

もされたいと無意識に思ったのかも知れない。

どちらにしろ相当に欲求が溜まり、かなり濡《ぬ》れやすくなっているようだ。

「あの、指よりお舐めしましょうか……」

「嫌でなければ、弥生さんにしているように、私にもして……」

言うと、すぐにも絹は答え、仰向けになって受け身の体勢を取った。

文二も身を起こし、絹の足の方へと移動して屈み込んだ。

まずは足裏に顔を押し当て、踵《かかと》から土踏まずを舐め、指の股に鼻を割り込ませた。

そこは汗と脂に湿り、やはり蒸れた芳香が濃く沁《し》み付いていた。

爪先《つまさき》にしゃぶり付き、順々に舌を潜《もぐ》り込ませていくと、

「あう……、弥生さんは、そのようなことも……、逆らえない町人に、なんてひどいことを……」

絹はビクッと足を震《ふる》わせて言いながらも、拒《こば》みはしなかった。

文二は全ての指の股を味わい、もう片方にもしゃぶり付いて、悩ましい味と匂いを貪《むさぼ》った。

そして脚の内側を舐め上げ、腹這いになって股間に顔を進めていった。絹の肌は白く、その名の通りスベスベと滑らかな舌触りだった。

「アア……」

両膝《ひざ》を割って内腿《うちもも》を舐め上げると、絹は目を閉じて熱く喘いだ。

もちろん人の顔の前で股を開くなど、生まれて初めてのことだろう。まして今は昼前で、障子《しょうじ》越しに春の明るい陽が射し込んでいた。

ムッチリと張りのある内腿を舐めながら中心部を見ると、子を二人産んだとも思えぬ可憐《かれん》な色合いの花弁が、小振りに割れ目からはみ出していた。

とにかく文二にとって、生娘《きむすめ》でない女は初めてなのだ。

すでに快楽を知っている陰戸は、蜜汁が大洪水になって溢れ、間からは光沢あるオサネが顔を覗《のぞ》かせていた。

恥毛は情熱的に濃く、下の方は淫水に湿って雫を宿していた。

そっと指を当てて陰唇を広げると、襞《ひだ》の入り組む膣口が息づいていた。

「ああ……、そんなに見ないで……」

絹が、小刻みに内腿を震わせ、息を弾ませてか細く言った。

「とっても綺麗です……」

「弥生さんと、似ていますか……」

思わず文二が股間から言うと、やはり女同士で気になるように彼女が訊いた。

「ええ、弥生さんより匂いが薄いですが、多く濡れています」

「アァッ……」

絹は羞恥《しゅうち》に喘ぎ、文二も顔を埋め込んでいった。

柔らかく密集した茂みには、乳汁に似た甘ったるい汗の匂いがたっぷりと籠《こ》もり、ほのかな残尿臭も入り交じっていた。

彼は何度も鼻を鳴らして恥毛の隅々まで嗅ぎ、舌を這わせていった。

トロリとした淡《あわ》い酸味の蜜汁が舌を濡らし、彼は舌先で膣口を舐め回し、弥生より小振りだが、咲よりやや大きめの、小指の先ほどのオサネを舐めた。

「あう……！」

絹が身を反らせ、内腿でキュッと彼の顔を締め付けて呻《うめ》いた。

文二も腰を抱え、チロチロと弾くように突起を舐めては、新たに溢れてくるヌメリをすすった。

さらに腰を浮かせ、白く丸い尻の谷間にも顔を押しつけ、ぷっくりとした可憐な膨らみを持つ蕾《つぼみ》に鼻を埋め込んだ。秘めやかな微香が馥郁《ふくいく》と鼻の奥に沁み込み、文二は激しく興奮しながら舌を這わせた。

やはり出産で力み、蕾もやや肉を盛り上げているのだろうか。

この淑《しと》やかな奥方の肛門など、恐らく夫すら見たことはないに違いない。

文二は嬉々として恥ずかしい匂いを貪り、ヌルッと舌を潜り込ませて滑らかな粘膜まで執拗《しつよう》に味わった。

「あうう……、どこを一体……、このようなことも弥生さんは……」

絹は驚いたように呻き、潜り込んだ舌先をモグモグと肛門で締め付けてきた。

文二は舌を出し入れさせるように動かし、顔を前後させた。すると陰戸に鼻が触れて、蜜汁が糸を引いた。

「く……、堪忍《かんにん》、そのようなところ……」

絹が浮かせた脚をもがかせて呻き、しきりに腰をよじった。

ようやく文二も舌を引き抜いて脚を下ろし、そのままヌメリを舐め取りながら、再びオサネに吸い付いていった。

さっきより強めに舐め上げ、膣口にも指を差し入れ、小刻みに内壁を擦った。さらに左手の人差し指も唾液に濡れた肛門に浅く潜り込ませ、最も感じる三ヵ所を同時に愛撫《あいぶ》した。

「アア……、き、気持ちいい……、こんなの初めて……」

絹が何度もガクガクと腰を跳ね上げ、前後の穴で指を締め付けながら喘いだ。

文二も、それぞれの穴の中で指を蠢《うごめ》かせては、激しくオサネを吸い、舌を這わせ続けた。

「あう……、身体が宙に……、アアーッ……！」

たちまち絹は声を上ずらせ、狂おしく身悶えながら気を遣《や》ってしまった。

同時に、粗相《そそう》したようにピュッと淫水が潮を噴いて彼の顔を濡らした。

指は痺《しび》れるほど締め付けられ、文二はなおも動かしながら、彼女がグッタリとなるまでオサネを舐め続けた。

「も、もう堪忍……、死にそう……」

やがて絹が四肢を投げ出し、息も絶えだえになって声を絞り出した。

文二も舌を引っ込め、前後の穴からヌルッと指を引き抜いた。

肛門に入っていた指に汚れはないが、微かに匂いが付着した。膣内の指は攪拌《かくはん》されて白っぽく濁《にご》った粘液にまみれ、湯気の立つ勢いで指の腹が湯上がりのようにシワになっていた。

彼は添い寝し、絹の荒い息遣いを嗅ぎながら次の指示を待った。

「お前は、弥生さんと情交までしているの……？」

やがて絹が、息を弾ませながら言った。

「滅相《めっそう》も……、そのようなことは決して……」

文二が答えると、さすがに絹も納得したようだ。弥生の、武家としての節度を信じたというところだろう。

「ならば、入れてみたいでしょう。構わないからお入れなさい……」

絹が言う。

どうせ秘密を抱えるなら、とことんと思ったのだろう。それに指と舌で気を遣っても、やはり成熟した肉体は、交接を求めているようだった。

「よ、よろしいのですか……」

「構いません。存分に……」

言われて、文二は横になったまま手早く帯を解いて着物を開き、下帯も取り去ってしまった。

もちろん一物は、はち切れんばかりに屹立《きつりつ》していた。

「どうか、絹様が上に……」

「力が入らず起きられません。それに、上になどなったことがないから……」

絹が言い、文二は身を起こした。そして完全に着物を脱ぎ去って全裸になり、彼女の股間に身を割り込ませていった。

「ああ……」

股間を進めただけで、絹は期待か禁断のおののきか、声を震わせた。

文二は幹《みき》に指を添え、先端を割れ目に押し当て、ヌメリを与えるように擦りつけてから位置を定めた。

そして興奮に任せ、ゆっくりと挿入していった。

熱く濡れた肉襞が、ヌルヌルッと心地よい摩擦《まさつ》を幹に伝えながら、たちまち一物は滑らかに根元まで呑み込まれた。

「アアッ……！」

絹が顔をのけぞらせて喘ぎ、キュッと締め付けてきた。子を産んでいても締まりが良いのだと文二は思い、股間を密着させたまま、しばし感触と温もり、感激を嚙《か》み締めてから身を重ねていった。

絹も両手を回し、しがみついてきた。

文二はまだ動かず、膣内の収縮を味わいながら屈み込み、また左右の乳首を吸い、滲む乳汁を舐め、乱れた襦袢に潜り込んで腋の下にも顔を埋めた。

色っぽい腋毛に鼻を擦りつけ、甘ったるい汗の匂いで胸を満たし、さらに首筋を舐め上げ、艶めかしい口に迫った。

光沢あるお歯黒の歯並びが、なおさら唇や舌、歯茎の桃色を際立たせていた。間から洩れる息は熱く湿り気があり、白粉のように甘い刺激を含んでいた。

そっと唇を重ねると、絹も激しく舌をからめ、熱い息を弾ませて彼の舌にチュッと吸い付いてきたのだった。

三

「ンンッ……！」

絹が熱く鼻を鳴らし、文二の舌を吸いながらズンズンと股間を突き上げてきた。

彼も腰を突き動かし、美女の唾液と吐息に酔いしれながら高まっていった。

すると、先に絹の方が気を遣ってしまったようだ。

「き、気持ちいい……、ああーッ……！」

唾液の糸を引いて口を離し、顔をのけぞらせてガクンガクンと狂おしい痙攣《けいれん》を起こした。

文二も必死に股間をぶつけるように突き動かし、絹の喘ぐ口に鼻を押しつけ、熱く甘い息を嗅ぎながら、続いて絶頂に達してしまった。

「く……！」

突き上がる大きな快感に呻きながら、熱い大量の精汁をドクンドクンと勢いよく柔肉の奥にほとばしらせた。

「あうう……、すごい……」

噴出を受け止めると、絹は駄目押しの快感を得たように声を洩らし、なおもキュッキュッと飲み込むように膣内を締め付けてきた。

文二は快感を噛み締めながら、最後の一滴まで出し尽くし、徐々に腰の動きを弱めていった。

「こんなに良いものだなんて……」

絹は熟れ肌の硬直を解きながら、荒い呼吸とともに呟《つぶや》いた。

文二も完全に動きを止めてもたれかかり、汗ばんだ肌を密着させた。

柔らかな乳房の奥から忙しげな鼓動が伝わり、まだ膣内は名残惜しげな収縮を繰り返していた。刺激されるたび、射精直後で過敏になった亀頭がピクンと内部で跳ね上がった。

文二は美女の温もりを感じ、湿り気ある白粉臭の息を嗅ぎながら、うっとりと快感の余韻を噛み締めたのだった。

あまり乗っていては悪いと思い、やがて呼吸も整わぬうち文二はそろそろと股間を引き離し、懐紙で陰戸を丁寧に拭《ぬぐ》い清め、自分の一物も手早く処理してから添い寝していった。

「ああ……」

絹は腕枕してくれ、うっとりと声を洩らしながら彼を抱きすくめてくれた。

すると、萎《な》える暇もなくムクムクと一物が鎌首を持ち上げ、彼女の太腿に押しつけられた。

「お前はいくつになるの……」

絹が、甘い息で囁《ささや》き、そっと指を一物に触れさせてきた。

「十八です……」

「そう、そんなに若いと、こんなにもすぐまた硬くなるのですね……」

絹は言いながら、やんわりと握ってくれた。

「ああ……、またいきたくなってしまいます……」

文二は快感に喘ぎ、また後戻りできないほど高まってしまった。一度済んで激情が過ぎると、かえって相手の身分が意識され、畏《おそ》れ多さとともに禁断のときめきが湧いてしまうのだ。

「もう、陰戸に入れられるのは沢山。帰れなくなってしまいます……。でも、出さねば落ち着かないのでしょう……」

絹は言い、愛撫を続けてくれた。

「お乳を飲んでくれたお礼に、今度は私が吸い出してあげましょうか……」

絹の囁きに、文二は彼女の手のひらの中でピクンと幹を震わせた。

「お、お旗本の奥方が、そのようなことを……」

「むろん、したことはありません。でも、今日の私は特別です……」

彼女が言って身を起こし、文二も期待に胸を高鳴らせながら仰向けの受け身体勢になった。

絹は彼を大股開きにさせ、その真ん中に腹這い、近々と顔を寄せて一物に目を凝らした。

「このようになっているのですね……」

彼女は指で触れながら、亀頭から幹、ふぐりまで観察していった。

やはり夫との行為の時は暗い閨《ねや》ばかりだったし、あからさまに見ることも出来なかったのだろう。

文二は、美女の熱い視線と息を股間に受けて幹を震わせた。

そして、とうとう絹が顔を迫らせ、粘液の滲む鈴口をチロリと舐めてくれたのだ。

「ああ……」

「心地よいですか」

「はい、とても……」

「どのようにすれば良いのですか」

「は、歯を当てないように含んで頂き、吸ったり舐めたりして頂ければ……」

文二は正直に求め、絹もすぐパクッと亀頭を含んでくれた。

熱い鼻息を恥毛に籠もらせながら、感触を味わうようにモグモグと口を動かし、幹を丸く締め付けてきた。

内部ではクチュクチュと、次第に大胆に舌が蠢いてきた。

たちまち肉棒は美女の生温かな唾液にどっぷりと浸り、すっかり高まってヒクヒクと脈打った。

「ンン……」

文二が無意識に股間を突き上げると、
絹も熱く呻いて小刻みに顔を上下させ、濡れた口でスポスポと強烈な摩擦を繰り返してくれた。

恐る恐る股間を見ると、丸髷《まるまげ》に眉を剃り、気品ある顔立ちをした正真正銘の旗本の奥方が、お行儀悪く肉棒を頬張り、音を立ててしゃぶり付いているのである。

もう限界だった。たちまち文二は大きな快感の渦に巻き込まれ、激しく昇り詰めてしまった。

「く……！」

溶けてしまいそうな快感に呻きながら、文二はありったけの精汁を武家の奥方の口の中に勢いよくほとばしらせてしまった。

「ク……、ンン……」

喉の奥を直撃され、絹が小さく呻き、反射的にキュッと口の中を引き締めた。

それでも咳《せ》き込むことなく噴出を受け止めてくれ、文二はズンズンと股間を突き上げながら、とうとう最後まで出し切ってしまった。

「ああ……」

彼は感激に声を洩らし、肛門を引き締めて全て搾《しぼ》り出し、グッタリと硬直を解いて身を投げ出した。

絹も亀頭を含んだまま、口に溜まった体液をゴクリと飲み下してくれた。嚥下《えんか》とともに口腔がキュッと締まり、彼は駄目押しの快感にピクンと幹を震わせた。

全て飲み干すと、ようやく絹はスポンと口を引き離し、なおも幹を握りながら、鈴口に脹《ふく》らむ余りの雫まで舐め取ってくれた。

「あうう……、どうか、もう……」

文二が腰をよじり、過敏に反応しながら降参すると、絹も舌を引っ込め、身を起こした。

「これが、精汁の味なのですね……」

絹はチロリと舌なめずりして言い、太い息を吐いた。

後悔している様子もないので、文二も安心して力を抜き、余韻を味わいながら呼吸を整えたのだった。

「では私は帰ります。弥生さんに、妹の綾乃がこちらへ伺うこと、くれぐれもよろしくお伝えくださいませ」

やがて絹は身繕《みづくろ》いをして言い、鏡を見て髪の乱れを直し、唇や顔中を確認してから帰っていった。

文二は、障子を開けて室内の空気を入れ換え、井戸端で全身を洗い流した。

咲の時は気にもしなかったが、絹の場合は特に乳汁の匂いが残って、弥生に気づかれてはいけないと思い念を入れたのだった。

四

「左様か、義姉上《あね》が来たのか……」

帰宅した弥生が、文二の話を聞いて言った。

「そうなると、私はここへは居られないでしょうか」

「そんなことはない。お前には、今しばらく居てもらわねば困る。綾乃さんのことは私から断わっておく」

弥生は言い、文二も少し安心したのだった。

十九になる綾乃は、やはり篠原家と同格の旗本の娘で、家は納戸頭《なんどがしら》の役職にあり、長兄が継いでいるという。綾乃は姉の絹に似て器量は良いが、何しろ女だてらに学問が好きな娘で、父親の蔵書ばかり読んでいるようだ。

剣術好きや学問好きなど、どちらも旗本娘の中では異端で婚期の遅れる困りものらしい。

その二人に協力させて、家事に慣らそうというのが絹の思惑《おもわく》なのだろう。

とにかく弥生は話を終え、すぐにも淫気をぶつけてきた。

互いに全て脱ぎ去り、布団に横になった。

いつものように腕枕してもらい、胸に顔を迫らせると、今日も弥生の全身は汗ばみ、甘ったるく濃厚な汗の匂いが漂っていた。

「汗臭くはないか。今日はいつになく多く稽古をした。何なら急いで身体を流すが」

「いいえ、このままで。私は弥生様の匂いがこの世で一番好きです」

言われて、文二はうっとりと美女の体臭に包まれて答えた。

「一番と言っても、私以外の女は知らぬであろう」

「は、はい……」

弥生の言葉に、文二も思わず答えながら鼻先にある乳首に吸い付いた。

咲のとき以上に、まさか自分の兄嫁と文二が情交したなど弥生は夢にも思わないだろう。

「アア……、噛んで……」

乳首を舌で転がすと、弥生はすぐにも喘ぎはじめ、強い刺激を求めてきた。

文二も熱を込めて舌を蠢かせ、軽く歯を当ててコリコリと愛撫した。

彼女が仰向けになったので、文二も上になってのしかかり、もう片方の乳首も充分に吸い、舌と歯で刺激してやった。

さらに腋の下にも鼻を埋め込み、汗ばんで湿った腋毛に籠もる体臭を胸いっぱいに嗅いで興奮を高めた。

そして汗の味のする肌を舐め下り、臍《へそ》を舌先でくすぐり、引き締まって張りのある下腹から腰、太腿へと降りていった。

膝小僧を舐め下りて、脛《すね》の体毛に顔中を押しつけて感触を味わい、蒸れて湿った足指の股にも鼻を割り込ませて嗅いだ。匂いを貪り、足裏を舐めて爪先にもしゃぶり付き、指の股に舌を潜り込ませて味わった。

両足とも存分に賞味すると、弥生が待ちきれないように自ら両膝を広げ、大股開きになってきた。

文二も顔を進め、内腿を舐め上げながら陰戸に迫った。

すでに陰唇は興奮に色づき、間からはヌラヌラと大量の蜜汁が溢れはじめていた。

「舐めて、文二……」

弥生が股間を突き出すようにして言い、彼も中心部に顔を埋め込んでいった。

汗に湿った茂みに鼻を擦りつけ、隅々に籠もった濃厚な体臭とゆばりの匂いを嗅ぎながら舌を這わせ、淡い酸味のヌメリをすすった。

息づく膣口の襞を掻き回し、ゆっくりとオサネまで舐め上げた。

「アァッ……、いい気持ち……」

弥生が内腿でキュッときつく彼の顔を締め付けながら、下腹をヒクヒク波打たせて喘いだ。

文二も大きめのオサネに吸い付き、舌先で弾くように舐め、美女の匂いに酔いしれながら執拗に貪った。さらに腰を浮かせ、尻の谷間にも鼻を埋め込み、蕾に籠もる秘めやかな微香を嗅いで舌を這わせた。

中にも潜り込ませ、ヌルッとした粘膜を味わい、充分に蠢かせてから再び陰戸に戻っていった。

「入れて……」

弥生がせがみ、どうやら本手《ほんで》（正常位）で挿入されたいようだった。

文二も身を起こし、股間を進めて一物を押し当て、ヌメリを与えるように擦りつけてから、ゆっくり押し込んでいった。

「ああ……、いい……」

ヌルヌルッと根元まで貫くと、弥生が喘ぎ、熱く濡れた柔肉がキュッと彼自身を締め付けてきた。

文二は温もりと感触を味わってから、やがて身を重ね、ズンズンと股間を突き動かしはじめた。すると彼女も下から両手を回し、唇を求めて、ピッタリと重ね合わせてきた。

熱く湿り気ある花粉臭の息が弾み、文二は美女のかぐわしい口の匂いを嗅ぎながら舌をからめ、トロリとした生温かな唾液をすすって高まった。

すると弥生が口を離し、繋がったまま両脚を浮かせて抱え込んだのだ。

「ねえ文二、尻の穴を犯して……」

「え……」

「陰間《かげま》のように、一度試してみたい」

「大丈夫でしょうか……、お嫌だったら、すぐ仰《おつしや》ってくださいませ……」

文二は身を起こして言いながら、自分も好奇心が湧いてきた。

そろそろと一物を引き抜くと、陰戸から溢れて流れる淫水が、肛門までネットリとヌメらせていた。

文二は興奮と期待に胸を高鳴らせながら、そっと先端を蕾に押し当て、呼吸を計りながらグイッと押し込んでいった。

可憐な襞が丸く押し広がり、今にも裂《さ》けそうなほど張り詰めて光沢を放った。

しかし最も太い雁首《かりくび》が入ってしまうと、あとは比較的楽に押し込むことが出来た。

「あうう……」

「大丈夫ですか」

「もっと奥まで……」

弥生が言い、文二も膣口とは異なる感触に包まれながら、ズブズブと根元まで挿入してしまった。

さすがに締め付けはきついが、それは入り口だけのことで、内部は割に楽だった。

弥生も目を閉じ、脂汗を滲ませながらもモグモグと味わうように内部を収縮させ、切れぎれに呼吸していた。

「突いて……、中に出して……」

弥生が言い、文二もすっかり興奮を高め、様子を見ながらそろそろと腰を前後させはじめた。

やはり彼女は、初体験の時から感じたほどだから痛いことなど何でもなく、肛門でも充分に感じているのだろう。小刻みに動いているうちに、緩急の付け方にも慣れ、律動が滑らかになっていった。

しかも弥生は自ら乳房を揉みしだき、さらに空いている陰戸にも指を這わせ、激しくオサネを擦りはじめたのだ。

文二も快感を高め、長引かせる必要もないだろうと、すぐにも絶頂を目指して動きを速めてしまった。

膣口ほど楽に動けないが、内壁の摩擦と入り口の締め付けが心地よく、やがて彼は昇り詰めていった。

「い、いく……、アアッ……！」

文二は突き上がる快感に喘ぎながら、熱い精汁をドクドクと内部に注入した。

中に満ちる精汁に、動きがさらにヌラヌラと滑らかになっていった。

「ああ……、熱いわ、感じる……」

弥生が喘ぎ、何度かヒクヒクと肌を波打たせて気を遣った。ただ、肛門の感覚ではなく、自ら擦ったオサネによる絶頂であろう。

全て出し切った文二は動きを止め、荒い呼吸を繰り返しながら力を抜いた。

するとヌメリと内圧の締め付けにより、一物が押し出されてゆき、ツルッと抜け落ちた。

文二は何やら美女に排泄されたような、妖《あや》しい感覚になった。

肛門は丸く開いて中の粘膜まで覗かせたが、徐々につぼまって元の可憐な形状に戻った。もちろん襞に乱れはなく、裂けた様子もなかった。

「これで、前も後ろもお前にあげてしまった……」

弥生は息を弾ませて言い、やがてゆっくりと身を起こしてきた。

「さあ、すぐ洗った方が良かろう」

彼女に言われ、一緒に全裸のまま裏へ回り井戸端へ出た。

「痛くありませんか」

「まだ何か入っているような気がするが、大事ない」

弥生は言い、文二は水を汲《く》んで股間を洗い流した。彼女も汗ばんだ全身を流し、一物を丁寧に洗ってくれた。

「ゆばりを放て。中も洗うのだ」

言われて、文二は尿意を高め、チョロチョロと放尿した。終えると、また弥生が水を流して洗ってくれた。

「弥生様も、ゆばりを出してくださいませ……」

文二は簀《す》の子《こ》に座り、前に弥生を立たせ股間に顔を寄せて言った。

彼女も拒まず、まだ興奮冷めやらぬ様子で股間を突き出《せ》し、引き締まった下腹に力を入れはじめた。割れ目を覗き込むと、中の柔肉が迫り出すように盛り上がり、やがてポタポタと黄金色の雫が滴《したた》ってきた。

文二が口を寄せると、すぐにも勢いのついた一条の流れとなり、彼の舌を温かく濡らしてきた。

飲み込むと、淡い味わいと香りが胸に沁み込んでいった。やはり抵抗はなく、溢れる分が勿体《もったい》なく思えるほどだった。

「アア……、莫迦《ばか》……」

弥生は立ったまま喘いで膝を震わせ、彼の頭を股間に押さえつけながら最後まで出し切ってくれた。文二も飲み干し、割れ目に口を付けて舌を差し入れ、余りの雫をすった。

するとたちまち溢れた淫水に舌の動きがヌラヌラと滑らかになり、淡い酸味が満ちていった。

「も、もう良い。中で続きを……」

やがて弥生が激しく淫気を甦《よみがえ》らせたように突き放して言い、文二も顔を離して起き上がった。

やはり弥生も肛門ではなく、正規の場所でしっかり気を遣りたいのだろう。

互いに身体を拭くと、二人は全裸のまま布団へと戻ってゆき、もう一度ゆっくりと情交をはじめたのだった。

五

翌日、勝手口から咲が恐る恐る顔を見せて言った。

「弥生様は、道場……？」

「うん、上がって」

文二も答え、彼女を部屋へ上げた。

「大前屋の女将《おかみ》さんには、文二さんは元気にしていると伝えたわ。もう女の格好じゃないのね」

「ああ、やっと弥生様の気も済んだようだ」

文二は言い、すぐにも可憐な美少女に淫気を催《もよお》した。何しろ武家女ばかり相手にしているから、気兼ねない咲にも会いたかったのだ。

床の敷き延べられた座敷に誘《いざな》い、座らせると文二は咲を抱きすくめた。

「あん……」

咲は小さく声を洩らしながらも、拒みはしなかった。来たということは、またあのときめきの一時を持ちたかったのだろう。

唇を求めると、咲も目を閉じて力を抜いた。

ピッタリと重ね合わせ、ぷっくりした感触を味わいながら、甘酸っぱい果実臭の息で鼻腔を満たした。

舌を差し入れ、唾液に濡れた唇の内側を舐め、ぬらりとした綺麗な歯並びを舌先で左右にたどり、桃色の歯茎まで味わった。

武家相手と違い、何でも自分から積極的に行動できるのが嬉しかった。

「ンン……」

咲も歯を開いて彼の舌を受け入れ、熱く鼻を鳴らして吸い付いてきた。

美少女の口の中は、さらに湿り気ある可愛らしい芳香が濃く籠もっていた。

舌をからめると、トロリとした生温かな唾液が実に美味しく、文二は夢中になってすすった。

やがて彼は、咲の唾液と吐息を心ゆくまで堪能《たんのう》してから口を離し、手早く着物を脱ぎはじめた。

「お咲ちゃんも脱いで。まだ弥生様が帰るまではだいぶあるから」

言うと、彼女も帯を解き、羞《は》じらいながらも脱ぎはじめていった。

たちまち二人して全裸になると、文二は彼女を仰向けにさせてのしかかった。

桜色の乳首にチュッと吸い付き、もう片方の膨らみも探りながらチロチロと舌で転がすと、

「アアッ……」

咲は熱く喘ぎ、くすぐったそうに身をよじった。

文二は充分に味わい、柔らかな感触も堪能してから、もう片方の乳首も含んで愛撫し、腋の下にも顔を埋め込んでいった。

和毛《にげ》は汗に湿り、甘ったるい体臭が悩ましく鼻腔を満たしてきた。

「いい匂い」

「いや、恥ずかしいわ……」

思わず言うと、咲が答えてクネクネと身悶え、さらに濃い匂いを揺らめかせた。

文二は滑らかな肌を舐め下り、張りのある腹部に軽く歯を当てて味わい、愛らしい臍を舐め、腰からムッチリとした太腿へ降りていった。

脚を舐め下り、足首を摑んで浮かせ、足裏を舐めながら縮こまった指に鼻を埋め込むと、汗と脂に湿って蒸れた芳香が鼻腔を心地よく刺激してきた。

「あん、駄目……、汚いわ……」

爪先にしゃぶり付き、指の股に舌を割り込ませると咲が声を震わせて喘いだ。

文二はもがく足首を押さえつけ、もう片方の足まで全ての指の股を舐め、やがて腹這いになって脚の内側を舐め上げていった。

内腿をそっと噛むと、咲はビクリと脚を震わせ、しきりに腰をくねらせた。

股間に顔を寄せると、可愛らしい匂いを含んだ熱気と湿り気が漂い、割れ目からはみ出した花びらはうっすらと蜜を宿して潤《うるお》っていた。

指を当てて左右に広げると、細かな襞の入り組む膣口が息づき、光沢ある小粒のオサネも精一杯ツンと突き立っていた。

若草の丘に鼻を埋め込むと、腋に似た甘ったるい汗の匂いに混じり、悩ましい残尿臭も馥郁と感じられた。

「ここもいい匂い」

「いや……、言わないで……」

股間から言うと、咲はキュッと内腿で彼の顔を締め付けながら羞じらいに声を震わせた。

文二はことさら犬のようにクンクン鼻を鳴らして嗅ぎながら顔を擦りつけ、舌を這わせていった。陰唇の内側に舌を差し入れ、柔肉を舐めるとトロリとした淡い酸味のヌメリが迎えてくれた。

膣口から柔肉をたどり、コリッとしたオサネまで舐め上げると、

「アア……！」

咲が顔をのけぞらせて喘ぎ、ヒクヒクと白い下腹を波打たせた。

「ここ気持ちいい？」

「ええ……、でも恥ずかしいわ……」

咲が内腿に力を込めながら答え、新たな淫水を漏らしてきた。

文二はチロチロと舌先で弾くようにオサネを舐め、溢れるヌメリをすすり、さらに脚を浮かせて白く丸い尻の谷間にも顔を押しつけていった。ひんやりする双丘に顔中を密着させ、可憐な薄桃色の蕾に鼻を埋めると、秘めやかな微香が鼻の奥を心地よく刺激してきた。

蕾を舐め回し、細かに震える襞を味わってからヌルッと潜り込ませると、

「あう……！」

咲がキュッと肛門で彼の舌先を締め付けながら呻いた。

文二は美少女の恥ずかしい匂いを貪りながら舌を蠢かせ、やがて引き抜いて再び陰戸を舐め回した。

「も、もう駄目……、堪忍……」

咲が気を遣りそうになって身悶え、文二もようやく股間から離れて添い寝していった。そして彼女を上にさせ、乳首を舐めてもらった。

「噛んで……」

言うと、咲もキュッキュッと彼の左右の乳首を交互に噛んでくれ、さらに頭を押しやると、股間へと移動してくれた。

熱い息を股間に感じながら、せがむように幹をヒクヒクさせると、咲もそっと先端を含み、チロチロと鈴口を舐め回してくれた。

「ああ、いい気持ち……」

文二が快感に喘ぐと、咲もスッポリと喉の奥まで呑み込み、熱い息を恥毛に籠もらせながら吸い付いてきた。内部ではクチュクチュと舌が蠢き、たちまち一物は美少女の清らかな唾液にまみれて快感に震えた。

「ここも舐めて……」

ふぐりを指して言うと、咲もチュパッと口を離し、袋全体を舐め回し、二つの睾丸を転がしてくれた。

すると彼女は、自分から彼の脚を浮かせ、自分がされたように肛門にも舌を這わせてくれたのだ。

「あうう……、気持ちいいよ、すごく……」

申し訳ないような快感に呻き、文二はモグモグと美少女の舌を肛門で締め付けた。

やがて彼女の手を握って引っ張り上げ、文二は一物に跨《また》がらせた。

「上から入れてみて。痛かったら止《や》めていいから」

言うと、咲も唾液に濡れた先端を陰戸に押し当てて位置を定め、息を詰めて上からゆっくりと腰を沈み込ませてきた。

張りつめた亀頭がヌルッと潜り込むと、あとはヌメリと重みでヌルヌルッと根元まで受け入れ、完全に座り込んでしまった。

「アアッ……！」

咲は顔をのけぞらせて喘ぎ、密着した股間をクネクネさせた。

文二も、肉襞の摩擦と温もりに包まれながら快感を嚙み締め、彼女を抱き寄せた。

「大丈夫？」

「うん……」

咲は小さく答え、柔らかな乳房を押しつけてきた。

文二も下から抱きすくめながら小刻みに股間を突き上げると、大量の潤いですぐにも動きが滑らかになっていった。

動きながら美少女の口に鼻を押しつけると、甘酸っぱい果実臭の息が悩ましく鼻腔を満たし、文二は急激に高まりながら動きを強めてしまった。

「ああ……！」

咲も熱く喘ぎながら、突き上げに合わせて少しずつ腰を遣ってくれた。

文二も我慢できなくなり、激しく動きながら舌をからめ、咲の唾液をすすりながらあっという間に昇り詰めてしまった。

「い、いく……！」

突き上がる大きな絶頂の快感に口走り、彼は熱い精汁をドクンドクンと勢いよく内部にほとばしらせた。

「あん……、熱いわ……」

噴出を感じると、彼の快感まで伝わったように咲が声を洩らした。

気を遣るまでにはいかないが、急激な進歩で、この分なら間もなく痛みより快感の方が大きくなることだろう。

文二は快感を嚙み締めながら心置きなく最後の一滴まで出し尽くし、すっかり満足して動きを弱めていった。

すると咲も、大きな波を越えたようにグッタリと力を抜いて体重を預けてきた。

文二は膣内でヒクヒクと幹を震わせ、咲の重みと温もりを全身に感じて荒い呼吸を繰り返した。

そして美少女のかぐわしい息を胸いっぱいに嗅ぎながら、うっとりと快感の余韻を噛み締めたのだった。

第四章　眼鏡《めがね》美女の淫《みだ》ら好奇心

一

「御免《ごめん》下さいませ。佐倉《さくら》綾乃と申します」

玄関に訪《おとな》う声が聞こえ、文二は出向いた。

今日も彼は、ごく普通の男姿で、弥生も道場に出かけたばかりだ。

「はい……、絹様の妹様ですね……」

彼は、少々戸惑《とまど》いながら言った。

弥生が、綾乃の来訪は断わると言っていたのに来てしまったから、自分の居場所がなくなる気がしたのである。

しかも文二は、十九になるという綾乃を見て目を丸くした。

小柄で清楚《せいそ》な着物に身を包み、咲に匹敵《ひってき》するほどの美少女なのだが、何と眼鏡《めがね》をかけていたのだ。

「ええ、姉から聞いて参りました。お前は文二ですね。とにかく失礼」

綾乃は可憐《かれん》な声で言い、大きな荷物を抱えた供の者を従えて上がり込んできた。

「まあ、この部屋がよろしいわ。ここにしましょう」

綾乃は空いた部屋を見つけ、そこに大きな荷物を持ってこさせると、それだけで供の者を帰してしまった。綾乃が自ら荷物を広げると、中身は夥《おびただ》しい書物である。

「あ、あの……」

「お前のお部屋はどこ？　あ、ここね。やはり操さんの着物がいっぱい」

困惑する文二などお構いなしに、綾乃は言って彼の部屋に入ってきた。

「操様をご存じだったのですか」

「ええ、一緒に雛《ひな》祭りをしたりお花見をしたり。確かに、お前はよく似ています」

綾乃は眼鏡を押し上げて言い、床《とこ》が敷き延《の》べられたままの文二の部屋に座ってしまった。

「これが生き人形ね、ふうん……」

綾乃は言って部屋の隅にあった木彫りの首人形を手に取り、あちこち見回してから置いた。

どうやら好奇心いっぱいのようで、何にでも興味があるらしい。

「あの……」

「ええ、確かに、弥生さんからは来るに及ばないと言われました。でも、屋敷の暮らしにはもう飽《あ》き飽き。本など読むより花嫁修業をしろと毎日」

「はあ……」

「でも玄庵先生に言われました。人はみな向き不向きがあるので、好きなことをやるのが一番だと」

綾乃が言い、文二も先日道で会った医師の顔を思い出した。

「ですから、私はここで好きなだけ本を読み、好きな道を探します」

「それで、私はどうすれば……」

「それは弥生さんがお決めになることです。でも、私も弥生さんも、しばらくは家事などしないでしょうから、お前がしてくれると助かります」

言われて、文二も少しだけ安心したものだった。

「分かりました。昼前には弥生様もお帰りでしょうから、その時お二人でお話しくださいませ」

「ときにお前は、弥生さんに言われて、何をしたの？」

綾乃が、眼鏡の奥の目をキラキラさせて訊いてきた。

どうやら絹からは何も聞いていないようだが、操とそっくりな文二の顔立ちを見て何かあるだろうと察したようだった。

それに多くの書物を読んで理解しているだけに、相当に頭の回転が速そうだ。

文二も、彼女の整った顔立ちと眼鏡の取り合わせに、一歳上という感じがせず、何やら学者にでも質問されているような気になった。

「は、はあ……、操様の着物を着せられ、鬘《かつら》をかぶって化粧されました……」

文二は、絹にも言ったようなことを話した。

「まあ……、面白いわ。確かに弥生さんは男になりたいと年中言っていたから、男の気持ちで操さんを好きだったのね。それで、お前は操さんのふりをして、何をさせられたの。口吸いをされた？」

「は、はい……」

「わあ、すごいわ。それから？」

「あ、あの、決して弥生様には……」

「もちろん誰にも言わないわ。私は、そうした人の心根に興味があるの」

綾乃が身を乗り出して言うと、ふんわりと生ぬるく甘い匂いが文二の鼻腔をくすぐってきた。

「もしかして口吸いよりも、もっとすごいことをさせられた？」

「え、ええ……、陰戸《ほと》を舐《な》めさせられました……」

「まあ……、まあ……！」

綾乃は身をよじるように息を弾ませて言い、さらに目をキラキラ輝かせた。

「町人に女の格好をさせ、死んだ操さんと思い込んで陰戸を舐めさせるなんて、弥生さんすごいわ……」

綾乃は、そうした話が不快でないらしく、むしろ嬉々として言った。

「それで、嫌ではなかった？」

「はい……、私も男ですし、無垢《むく》のため人並みに淫気もございますから、むしろ喜んで言う通りに致しました……」

「それは、湯上がりの時に？」

綾乃の質問は、実に的を射たものだった。

「いいえ……、稽古を終えて戻られた時ですので……」

「まあ、では嫌な匂いはしなかった？」

「汗もゆばりの匂いも、美しいお武家のお嬢様ですから、何もかも良い匂いに感じました……」

文二は答えながら、ムクムクと股間が突っ張ってきてしまった。

「そう……、それで味は？」

「最初は、汗かゆばりのような味がしましたが、次第に淫水が溢《あふ》れて、うっすらと酸っぱいような、薄い蜜柑《みかん》汁のような味わいがありました」

「そう……、お前の言い方は実に分かりやすいわ。確かに春本には、互いの股を舐める話も書かれていたけど、本当にあるのね……」

綾乃が言う。どうやら本好きが高じ、どこかで手に入れた春本にまで目を通していたようだ。

「そして、弥生さんは気を遣《や》ってしまった？」

「は、はい……、そうだと思います……」

「気を遣るって、一体どういう気持ちなのかしら……。男は精汁が飛び出るときが、たいそう心地よいと聞いているけれど、女はオサネへの刺激か、交接によるものか、人それぞれ違うと言うし、自分で試しても分からないわ……」

して見ると、当然ながらまだ綾乃は無垢らしい。

そして自分でも少しはいじったことがあるようだが、気を遣るまでには至っていないようだった。

と、綾乃は中座して自分の書物の中から、一冊の本を持って戻ってきた。

それは有名な『解体新書《かいたいしんしょ》』だった。全五巻だが、確か図版があるのは第一巻目のみらしいので、その一巻らしい。

「これにも、そうした仕組みは書かれていないし……」

綾乃はパラパラとめくって、眼鏡を押し上げて言った。どうやら男女の股間のあたりの頁らしい。

「ね、まず男の身体がどうなっているのか知りたいわ。脱いで見せてみて」

「え……」

「出来れば今後、玄庵先生のお手伝いもしたいのよ。女が医者を目指しても変じゃないでしょう。その前に、知らなきゃならないことが山ほどあるの。本だけでは分からないわ」

綾乃は熱っぽく言い、もちろん旗本娘の言うことに逆らうことは出来ず、むしろ文二は妖《あや》しい期待に胸を高鳴らせながら、素直に帯を解いていった。

どうも武家女というものは、文二などを子犬と戯《たわむ》れるぐらいに思い、人として扱っていないから、貞操とは関係なく好奇心がぶつけられるのかも知れない。

「全部脱いだらここに寝て」

「はい……」

文二は言われて着物と下帯を脱ぎ去り、全裸になって恐る恐る布団《ふとん》に仰向けになった。一物はピンピンに勃起し、勢いよく天を衝《つ》いて屹立《きつりつ》していた。

「すごいわ。こんなに硬く立っているなんて……」

綾乃は、彼の股間の方ににじり寄り、眼鏡の奥の目を凝《こ》らして言った。

「交接できるように立つのね。普段は柔らかくて小さいでしょうに、今お前は淫気を催《もよお》しているの？」

「う、美しいお嬢様に見られれば、男なら興奮して立ちます……」

「そう」

綾乃は満更でもないように頷《うなず》き、なお熱心に熱い視線を注いだ。

「これが鈴口、ゆばりと精汁が出るところね。これがふぐり、玉が二つあって精汁を作っていると書かれているわ」

綾乃は、本の図版や説明と生身の一物を交互に見て呟《つぶや》いた。

そして本を置くと、とうとうそっと手を伸ばしてきたのだ。恐る恐る指先で幹《みき》に触れ、撫《な》で上げて張り詰めた亀頭にも触れてきた。

愛撫《あいぶ》とは違う観察で、その微妙な触れ方がゾクゾクと感じた。

さらにふぐりにも触れ、二つの睾丸を確認し、袋をつまんで肛門の方も覗《のぞ》き込んできた。

そして再び、肉棒を手のひらに包み込んでニギニギしてきたのだ。

「ああ……」

「気持ちいい？　精汁を放つところを見たいわ。構わないから出して」

文二が喘《あえ》ぐと、綾乃が言ってさらに指を動かしてきた。

二

「動かし方は、これでいい？　自分でする方が慣れているでしょうけれど、私の手でしてみたいの」

綾乃が言い、指の腹で鈴口をいじったり、ふぐりを包み込んで付け根を揉《も》んだり、さらに両手のひらで錐《きり》揉みにしたりし、春本で読んだのか、様々に工夫して動かしてくれた。

それに、いったん触れてしまうと度胸がつき、平気になってきたのだろう。

「あうう……」

「強すぎるかしら」

「どうか、唾《つば》で濡《ぬ》らしてくださいませ……」

文二は武家娘の無垢な手に弄《もてあそ》ばれて高まりながら、舐めてもらえるかも知れないと期待して言った。

すると綾乃は屈《かが》み込み、愛らしい口をすぼめてトロトロと唾液を垂らしてくれたのだ。しゃぶってはもらえなかったが、この眺めも実に艶《なま》めかしいもので、文二はさらに快感を高めた。

綾乃は白っぽく小泡の多い唾液をたっぷりと吐き出し、それを手のひらに受けてクチュクチュと幹を擦《こす》ってくれた。生温かなヌメリと淫《みだ》らな音に、たちまち文二は昇り詰めてしまった。

「い、いく……、アアッ……!」

とうとう彼は快感に貫《つらぬ》かれて声を上げ、彼女の手のひらの中でヒクヒクと幹を震《ふる》わせ、熱い精汁を勢いよくほとばしらせてしまった。

「あ……」

顔に噴出を受け、綾乃は声を洩《も》らし慌てて手を離した。

快感に身悶《みもだ》えながら見ると、噴出した精汁は彼女の顔を直撃し、眼鏡の玉を濡らし涙のように頬《ほお》の丸みを伝い流れたのだ。

指を離されたので快感は中途だったが、その様子の艶めかしさに、文二は申し訳ないと思いながら最後まで出し切ってしまい、あとは力が抜けてどうすることも出来ないでいた。

「大変……」

綾乃は言って急いで懐紙を取り出し、濡れた指を拭《ぬぐ》ってから眼鏡を外し、丁寧に拭《ふ》き清めた。確かに鼈甲縁《べっこうぶち》の眼鏡は高価だし、綾乃にとっては簪《かんざし》などに匹敵する大切なものなのだろう。

「すごい勢い……、生臭いわ……」

「も、申し訳ありません……」

精汁に濡れた鼻筋や頬を拭いて言う綾乃の素顔を見て、あまりの美しさに文二はドキリと胸を高鳴らせながら謝り、慌てて股間を拭った。

何と目のつぶらな、とびきりの美少女であろう。確かに絹にも似た顔立ちだが、さらに輝くように無垢な清らかさが漂《ただよ》っていた。

「いいの、勉強になったわ」

綾乃は言って再び眼鏡をかけ、満足げに萎《な》えていく一物を見下ろした。

「ね、お願いがあるのだけれど、私の陰戸が弥生さんと同じようなのか、それとも違うのか見てほしいの」

また綾乃が、いきなり唐突なことを言った。

「え……」

戸惑う文二に構わず、彼女は立ち上がって帯を解きはじめたではないか。

羞恥心《しゅうちしん》などより探求心の方が旺盛で、いったん思い立ったら行動にも迷いがないようだ。

もちろん淫らな快楽への好奇心も大きいだろうし、それに生娘《きむすめ》というのは、自分の陰戸が人とどう違うのかということも気になるものらしい。

くるくると帯を解いて落とし、紐《ひも》を解いて着物を脱ぎ、襦袢《じゅばん》と腰巻まで取り去り、あっという間に彼女は文二と同じく一糸まとわぬ姿になってしまった。

そして布団に横になってきたので、文二は場所を空けて身を起こし、無垢な武家娘の肢体を見下ろした。

さすがに彼女も仰向けになると眼鏡を外して枕元に置き、羞恥と緊張に目を閉じて微《かす》かに息を弾ませた。白い乳房は形良い上向き加減で、張りのある乳輪は光沢があり乳首も綺麗な桜色をしていた。

「では、拝見しますね」

文二は、余韻に浸《ひた》る間もなく、またすぐにも絶大な淫気に勃起しながら言い、そろそろと彼女の股間に顔を割り込ませていった。

綾乃も息を詰め、身を強《こわ》ばらせながら両膝を僅《わず》かに立て、意を決して左右全開にしていった。

文二は、白くムッチリとした内腿《うちもも》の間に進み、中心部に鼻先を迫らせた。

ぷっくりした丘には、楚々《そそ》とした若草がふんわりと煙り、割れ目からは薄桃色の花びらが形良くはみ出していた。

股間全体には、甘ったるい汗の匂いを含んだ熱気と湿り気が籠《こ》もり、滑らかな内腿と下腹がヒクヒクと小刻みに震えていた。

「では、触れます。陰戸を開きますので」

彼は股間から言い、そっと指を当てて陰唇を左右に広げた。

「く……」

触れられ、綾乃が小さく息を詰めて呻《うめ》いた。

中は綺麗な桃色の柔肉で、うっすらと無垢な蜜汁が溢れて、ヌラヌラと潤《うるお》いはじめていた。

息づく膣口には細かな襞《ひだ》が入り組み、ポッンとした尿口の小穴まで、障子《しょうじ》越しに射す春の陽にはっきりと確認できた。

小指の先ほどのオサネも、包皮の下からツンと顔を突き出し、綺麗な光沢を放っていた。

「どう……、弥生さんと比べて、変ではないかしら……」

綾乃が、喘ぎ声を堪《こら》えるように小さく訊いてきた。

「はい、花びらのようにとっても綺麗です。ただオサネは、弥生さんよりずっと小さめで可愛らしいです」

「そう……、弥生さんのは、やはり大きいのね……」

綾乃が言い、文二も興奮を高め、触れんばかりに近づいた。

「弥生さんにしたように、お舐めしていいですか……」

「ええ……、して……」

言うと、綾乃は身構えるようにキュッと膣口を収縮させ、トロリと淫水の雫《しずく》を溢れさせて答えた。

文二は吸い寄せられるように恥毛の丘に鼻を埋め込み、柔らかな感触を味わいながら、隅々に籠もった生ぬるい匂いを嗅いだ。

やはり大部分は甘ったるい汗の匂いで、それに残尿臭の刺激も可愛らしく入り交じっていた。

まさか先日の絹に続き、その妹にも同じ事をするとは夢にも思っていなかったものだ。文二は、弥生に出会ってからの、あまりに恵まれすぎている女運が恐ろしいほどだった。

舌を這《は》わせ、陰唇の内側のヌメリを舐めると、やはり淡い酸味が含まれ、すぐにも舌の動きがヌラヌラと滑らかになった。

「アア……、嫌な匂いしない……?」

あまりに彼が茂みに埋め込んだ鼻を鳴らして嗅ぐので、綾乃が気になったように訊いてきた。快感を味わいながらも、心の片隅では冷静に観察している部分もあるのだろう。

「いい匂いです。稽古のあとの弥生さんより、ずっと薄いですが」

「どんな匂い……?」

「汗とゆばりの匂いです」

「ああ……、やはり匂うのね、恥ずかしい……」

綾乃は言いながらも拒まず、膣口を息づかせ、いつしかキュッときつく内腿で彼の顔を締め付けていた。

文二も舌先で膣口の襞をクチュクチュと掻《か》き回し、そのままゆっくりとオサネまで舐め上げていった。

「ああ……、そこ、とってもいい気持ち……」

綾乃が顔をのけぞらせて喘ぎ、新たな蜜汁を湧き出させた。

彼はチロチロとオサネを舐め回し、さらに腰を浮かせ、白く丸い尻の谷間にも顔を押しつけていった。

谷間の蕾《つぼみ》は、おちょぼ口のように可憐な襞を盛り上げ、鼻を埋め込むと秘めやかな微香が感じられた。

舌先でくすぐるように蕾を舐めると、細かな襞がヒクヒクと震え、彼はさらにヌルッと潜《もぐ》り込ませて粘膜を味わった。

「あう……、や、弥生さんは、そんなところまで舐めさせたの……」

綾乃は、次第に朦朧《もうろう》となりながら声を震わせて言い、侵入した舌先をモグモグと肛門で締め付けた。

文二は舌を出し入れさせるように蠢《うごめ》かせてから、彼女の腰を下ろし、舌を再び陰戸に戻していった。

新たにネットリと溢れた淫水をすすり、オサネに吸い付きながら舌先で弾くと、

「き、気持ちいい……、何これ……、アアーッ……！」

たちまち綾乃は気を遣ってしまったように、声を上ずらせて喘ぎ、ガクガクと腰を跳ね上げて痙攣《けいれん》した。

文二も夢中になって舌を蠢かせると、やがて彼女はグッタリとなってしまった。

三

「ああ……、身体中が、溶けてしまいそう……」

綾乃は忙しげに息を弾ませ、四肢を投げ出した。

文二も股間から離れ、しばし過敏になっている陰戸に触れないようにし、代わりに脚を舐め下りていった。

太腿はスベスベだが、脛《すね》はまばらな体毛があって、それも艶《なま》めかしかった。

足首まで舐めると、足裏に移動して舌を這わせ、縮こまった指の間に鼻を割り込ませて嗅ぐと、やはり汗と脂に湿り、蒸れた匂いが程よく籠もっていた。

充分に武家娘の足の匂いを嗅いでから、彼は爪先《つまさき》にしゃぶり付いた。

ヌルッと指の間に舌を潜り込ませると、

「あうう……、これも、弥生さんに……？」

綾乃が荒い呼吸を繰り返しながら言い、ビクリと脚を震わせた。

文二は答える代わりに全ての指の股を味わい、もう片方の足も、味と匂いが薄れるまでしゃぶった。

そして充分に気が済むと、恐る恐る綾乃に添い寝していった。

武家娘の臍《へそ》より上に勝手に触れるのは控えたいところだが、すぐにも綾乃が腕枕するように抱き寄せてくれた。

「気を遣るって、こういう気持ちだったのね……。すごく良かった……」

綾乃が横向きになり、彼の顔を胸に抱きすくめながら言った。

甘ったるい汗の匂いに混じり、彼女の口から吐き出される息が甘酸っぱく鼻腔を刺激してきた。

咲の匂いに似ているが、もっと濃厚で、鼻腔の奥にまで悩ましい湿り気が満ちてくるようだった。

「でも、弥生さんには絶対に内緒よ」

「はい……」

「その代わり、もっと秘密を持ちましょう……」

綾乃は言い、彼の口に胸を突き出して乳首を押しつけてきた。

文二もチュッと吸い付き、顔中に感じる柔らかな膨《ふく》らみと甘い体臭に包まれながら舌で転がした。

「アア……、くすぐったくて、いい気持ち……」

綾乃はクネクネと身悶えながら喘ぎ、もう片方もせがむように、彼の顔を抱きながら仰向けになっていった。文二はのしかかるようにして、もう片方の乳首も含んで舐め回し、優しく吸い付いた。

さらに彼女の腋の下にも顔を埋め、汗に湿った和毛《にこげ》に鼻を擦りつけ、甘ったるい体臭に酔いしれた。

「ああ……、ね、情交も試してみたいわ……、どうすればいいのかしら……」

綾乃が言うので、すっかり回復している文二は、期待と興奮にピクリと一物を震わせた。

「茶臼《ちゃうす》(女上位)がよろしいかと思います。痛ければすぐ止《や》められますし」

「そうね……」

綾乃は答え、ノロノロと身を起こしながら、再び眼鏡をかけた。

そして彼の股間に屈み込み、もう一度、これから自分の初物を奪う肉棒に熱い視線を落としてきた。

「もう一度、濡らした方が滑らかに入るわね」

「ええ……」

彼が答えると、綾乃は顔を寄せ、今度はそっと唇で先端に触れ、ヌラリと舌を伸ばして舐めてくれたのである。

「アア……、綾乃様……」

「じっとしていて、好きにしたいの」

文二が快感に身悶えると、綾乃は言い、さらにペロペロと大胆に亀頭をしゃぶり、丸く開いた口にスッポリと呑《の》み込んでいった。

「く……」

文二は、温かく濡れた無垢な口に根元まで含まれ、快感に呻いた。

綾乃は熱い鼻息で恥毛をそよがせ、上気した頬をすぼめて吸い付いた。口で幹をモグモグと締め付け、内部では舌がからみつき、たちまち一物は生娘の清らかな唾液に生温かくまみれた。

充分に濡らすと、綾乃はチュパッと口を離して身を起こしてきた。

彼の股間に跨《また》がり、綾乃は唾液に濡れた先端を陰戸に押し当て、ためらいなく腰を沈み込ませてきたのだ。

あるいは以前から、機会があれば試してみたいと思っていたのだろう。

「あう……」

綾乃が顔をのけぞらせて呻き、それでもヌメリと重みに助けられながら根元まで受け入れ、完全に座り込んできた。文二も、ヌルヌルッとした心地よい肉襞の摩擦《まさつ》と、熱いほどの温もりに包まれ、生娘の締め付けに陶然となった。

これで一体、何人目の生娘と一つになったことだろう。

「ああ……、熱いわ。これが交接するということなのね……」

綾乃は硬直しながら呟き、どこか冷静に初体験の感覚を観察して言った。

彼女は股間を密着させたまま身を重ね、近々と顔を寄せて眼鏡の奥から彼の顔を見つめてきた。

「これが最初の男……。会ったばかりなのに、面白いわ……」

綾乃が言う。

彼女も弥生などと同じく、どこか旗本娘の枠を越えて、独自の道を生きているのだろう。ある意味風変わりで、弥生よりずっと親泣かせな様子が窺《うかが》えるようだった。

文二も下から両手を回し、僅かに両膝を立てて彼女の全てを受け止めた。

「痛くないですか……」

「大丈夫。思っていたほどではないわ」

気遣って囁《ささや》くと、綾乃が健気《けなげ》に答え、かぐわしい息を弾ませた。

「唾を、下さい……」

「飲みたいの？　いいわ……」

下から言うと、綾乃もすぐに応じてくれ、愛らしい唇をすぼめ、白っぽく小泡の多い粘液をトロトロと垂らしてくれた。

舌に受け、生温かな唾液を味わうと、綾乃が粘《ねば》つく糸をたぐるように顔を寄せ、いつしかピッタリと唇を重ねてきた。

彼女は自分からヌルッと舌を挿し入れ、彼にからみつけてきた。

文二は、咲よりも濃く悩ましい果実臭の息を嗅ぎながら、うっとりと酔いしれ、チロチロと蠢く舌を味わった。

そして美少女の唾液と吐息に高まりながら、無意識にズンズンと股間を突き上げてしまった。

ヌメリに動きは滑らかで、味わうような締め付けが何とも心地よかった。

「ンン……」

綾乃は熱い息を弾ませて呻き、突き上げに合わせて小刻みに腰を遣ってくれた。

いったん動くと、もう文二の勢いは止まらなくなってしまい、次第に勢いを付けて股間を突き上げた。

それでも綾乃は音を上げることもせず、執拗に舌をからめては清らかな唾液を注いでくれた。

「い、いきそう……」

文二が絶頂を迫らせて言ったが、綾乃も動きを止めなかった。

「いいわ。私も気持ちいい……」

彼女は唾液の糸を引きながら囁き、甘酸っぱい息を弾ませながら彼の鼻の穴も舐め回してくれた。

混じり合った熱い息に眼鏡の玉が曇《くも》り、硬い縁が彼の顔にも押しつけられてきた。

綾乃は次第に、文二以上に興奮を高めたように腰を動かし、彼の顔中に激しく舌を這わせた。

たちまち文二は、果実臭の息と清らかな唾液に包まれながら、大きな絶頂の渦《うず》に巻き込まれてしまった。

「く……！」

突き上がる快感に呻き、彼はありったけの熱い精汁をドクンドクンと綾乃の中にほとばしらせた。

「あうう……、出ているのね。奥が熱いわ……」

彼の噴出を感じ取ると、綾乃が口を離して言い、キュッキュッと膣内を締め付けてきた。こうした最中でも、どこか冷静な部分を残し、男女の仕組みを観察しているのだろう。

文二は溶けてしまいそうな快感の中、心置きなく最後の一滴まで出し尽くし、すっかり満足しながら徐々に動きを弱めていった。

そして収縮する膣内に刺激され、ヒクヒクと震えながら、グッタリと力を抜いて身を投げ出したのだった。

「アア……、まだ中で動いているわ……」

綾乃も遠慮なく体重を預け、彼にもたれかかりながら言った。

文二は、美少女の口から熱く洩れる果実臭を嗅ぎながら、うっとりと快感の余韻を嚙み締めた。

そしてようやく荒い呼吸を整えると、綾乃もそろそろと股間を引き離した。

初めてなのに、むしろ文二より冷静に懐紙で陰戸を拭い、開いて確認した。

「少し血が出ているわ……。でも、この次はもっと気持ち良さそうだわ……」

綾乃は言うと、二度の射精で満足げに萎えていく一物も観察しながら拭き清めてくれた。

「あ……、自分で致します……」

文二も慌てて身を起こして言い、自分で処理したのだった。

四

「左様《さよう》か、兄の言いつけであれば仕方がない……」

道場から帰宅した弥生が、綾乃から事情を聞いて不承不承《ふしょうぶしょう》頷いた。

「では、今日からよろしくお願い致します」

綾乃は言い、自分の部屋に籠もって読書に専念しはじめてしまった。

「とにかく、綾乃は義姉《あね》と通じているだろうから、もうお前に操の格好はさせるわけにいかなくなった。もっとも、私もそろそろ吹っ切らねばと思っていた矢先なのではあるが……」

弥生が文二に言い、同じ屋根の下に綾乃がいるから、彼に淫気をぶつけるわけにもゆかずに苛立《いらだ》っていた。

「操様の姿にならなくても、私はここにいてよろしいのでしょうか」

「構わぬ。お前には世話になったから、いずれ約束通り良い商家への婿《むこ》入りにも力を貸してやりたい。誰か思う女はいるのか」

弥生が言い、文二は咲を思い浮かべた。

「気心の知れた娘はいるのですが、その子も店は弟が継ぐので、どこかへ出ないとならないのです」

「ならば、お前とその娘で夫婦養子として入れば良いのだな。子のいない大店《おおだな》などいくらでもある」

「はい、それでしたらば有難《ありがた》いです」

「では近々、大前屋の女将《おかみ》に話を付けておいてやろう。その娘の名は？」

「お咲と言います。うちに出入りしている下駄職人の娘ですから、おっかさんもよく知っております」

「その娘を、思うだけで気持ちは伝えてはいないのか。先方の好みもあろう」

「ええ……、無理なら諦めますので……」

文二は答えたが、すでに何度か情交しているので、正式に話を通せば咲も難なく応じてくれるだろうと思った。

「分かった。それより、少しだけ……」

弥生が声を潜《ひそ》めて言い、彼を抱き寄せた。

「する気で帰ってきたので、どうにも疼《うず》いて仕方がない……」

彼女は言うなり、文二の頰を両手で挟んで顔を寄せ、いきなりピッタリと唇を重ねてきた。

文二も身を預けるようにしてもたれかかり、弥生の唇の感触と、火のように熱く甘い息を嗅ぎながら歯を開いて舌をからめた。

「ンン……」

弥生も熱く鼻を鳴らし、執拗に彼の口の中で長い舌を蠢かせた。

文二は注がれてくる生温かな唾液を飲み、激しく勃起してきた。

やがて彼がすっかり弥生の唾液と吐息に酔いしれると、彼女はそっと唇を離し、耳に口を付けて囁いた。

「しゃぶらせて……」

熱い囁きとともに、濡れた唇の開閉する音も艶めかしく響いた。

そして弥生もまた、同じ屋根の下に綾乃がいて、気づかれぬようにすることで興奮を高めているようだった。

文二は身を離して裾《すそ》をめくり、下帯を解き放って布団に仰向けになった。

すぐにも弥生が彼の股間に屈み込み、勃起した先端に舌を這わせてきた。

「ああ……」

文二も小さく喘ぎ、股間に熱い息を受けながら快感を高めた。

弥生も鈴口をチロチロと舐め、張りつめた亀頭を含んで吸いながら、モグモグと喉の奥まで呑み込んでいった。

よもや、この一物が、ついさっき綾乃の淫水と破瓜《はか》の血に濡れたとは夢にも思わないだろう。考えてみれば文二は、すでに何度も弥生に斬られるようなことをしているのだと思った。

「く……！」

いつになく強く吸い付かれ、文二は思わず腰を浮かせて呻いた。

弥生は熱い鼻息で恥毛をくすぐりながら吸引し、たっぷりと唾液を出して長い舌をからみつかせてきた。

文二は美女の口の中で最大限に膨張し、急激に絶頂を迫らせて悶えた。

「い、いきそうです……」

　彼は警告を発したが、弥生は強烈な愛撫を止めなかった。むしろ顔を上下させ、スポスポと濡れた口で摩擦しはじめたのだ。

　やはり自分が受け身になると、どうにも喘ぎ声が洩れてしまい、綾乃に気づかれると思ったのだろう。だから今は口で彼を昇天させ、精汁を受け止めるのが目的のようだった。

　文二も遠慮なく快感を味わい、声を洩らさぬよう愛撫を受け止めた。

　たちまち大きな絶頂の波が押し寄せ、文二は昇り詰めてしまった。

「いく……、アア……！」

　股間から脳天まで快感が突き上がり、文二は控えめに喘ぎながら熱い精汁を勢いよく弥生の喉の奥にほとばしらせた。

「ク……、ンン……」

　弥生は噴出を受け止めて小さく呻き、なおも頬をすぼめて吸引した。

　文二も小刻みに股間を突き上げ、快感に身悶えながら最後の一滴まで出し切ってしまった。

　一方的に奉仕され、武家娘の口に射精するなど何という贅沢《ぜいたく》なことだろう。

「ああ……」

文二は声を洩らし、グッタリと身を投げ出した。

弥生はまだ亀頭を含んだまま息を詰め、口に溜まったものをゴクリと飲み下してくれた。

「う……」

嚥下《えんか》されると口腔がキュッと引き締まり、文二は駄目押しの快感に呻いた。

やがて飲み干すと、彼女はスポンと口を引き離し、幹をしごいて鈴口から滲《にじ》む余りの雫まで丁寧に舐め取ってくれた。

「ど、どうか、もう……」

舌の刺激に過敏に反応し、文二はクネクネと腰をよじりながら降参した。

ようやく弥生も舌を引っ込め、舌なめずりしながら身を起こした。

文二は仰向けのまま、荒い呼吸を整え、そろそろと下帯を着けながら快感の余韻を味わった。

「どうしたものか……、常に声を潜めて行なうわけにもゆかぬし、全く迷惑な……」

弥生は呟いた。

やはり彼女は、学問好きで少々変わっている綾乃が苦手なようだった。

やがて文二は起き上がって身繕《みづくろ》いをし、食材の買い物に出かけた。そしてついでに湯屋に立ち寄った。

身体を流し、柘榴口《ざくろぐち》をぐって湯に浸《つ》かると、そこに玄庵が入っていた。

「これは、玄庵先生……」

「うん、誰だっけ……」

「弥生様と一緒の時に、女の格好をしていた文二です」

「ああ、操さんそっくりの小僧か」

声をかけると、玄庵もすぐ気づいて気さくに答えた。

「もう男姿なのだな」

「はい。弥生様も、すっかり吹っ切れたようですので」

「ああ、それはいい。もともと男になりたくて仕方のなかった娘だからな、確かにあの身の丈で力も強いから、剣術にのめり込むのも無理はない。それでも、徐々に女としての悦《よろこ》びに目覚めるだろうさ」

「それに、弥生様の兄嫁の妹、眼鏡をかけた綾乃様も一緒に住むようになりました」

「そうか。あれも変わり者だが何しろ頭が切れる。何冊か医書を貸したが、たちどころに覚えた。二人とも、女にしておくには勿体《もったい》ないな」

玄庵は言い、湯から上がったので、文二も一緒に出た。そして彼が身体を洗いはじめたので、背中を流してやった。

「これからは女も、夫を持って子を生《な》すというだけの生き方ばかりではなく、色々な道があっても良いと思う」

「はい」

「綾乃は、医者にしても構わない。もう少ししたら手伝いをしてもらおうと思う」

玄庵が言い、どうやら綾乃も好きな道に進めそうだった。

「でも弥生様の兄夫婦は、二人がどこかへ嫁《とつ》ぐことを願っているようですが」

「ああ、親代わりの者たちはそうだろうが、やがては落ち着くところに落ち着くだろうさ」

玄庵は言い、やがて身体を流し、もう一回湯に浸かってから、二人は身体を拭いて着物を着た。

「じゃ、わしは碁《ご》でも打っていくからな」

「はい。ではこれにて」

玄庵が二階へ行ったので、文二は辞儀《じぎ》をして別れ、湯屋を出た。

そして買い物をして戻り、夕餉《ゆうげ》の仕度をした。

炊事も家でさんざん手伝わされたから、苦にはならなかった。

日が傾く頃に、弥生と綾乃が夕餉を済ませ、あとから文二も食事をして洗い物をした。そして彼は日暮れまでに各部屋の行燈《あんどん》に灯を入れて回り、戸締まりをして部屋に戻ったのだった。

すると、しばらくして寝巻姿の弥生が、また文二の部屋に入ってきた。

五

「どうにも我慢できない。声を潜めれば何とかなろう」

弥生が囁き、やはり寝巻姿の文二の帯を解いてきた。

綾乃はまだ眠らず、遅くまで本を読んでいるのだろうが、ここからは一番離れた部屋である。

彼女も全て脱ぎ去り、たちまち二人は一糸まとわぬ姿になった。

「好きにして良いか」

「はい、どのようにでも……」

弥生は、文二を仰向けにさせて囁き、彼も期待に激しく勃起した。

すると弥生は、文二の顔に跨がってこようとしたのだ。

「どうか、その前に足を……」

「こうか……」

言うと、弥生は立ったまま片足を浮かせ、壁に手を突きながら足裏をそっと彼の顔に乗せてくれた。

「ああ……」

文二は、快感にうっとりと声を洩らしながら、大きく逞《たくま》しい美女の足裏に舌を這わせ、指の間に鼻を割り込ませて嗅いだ。

やはり幼い頃から履物屋で生まれ育ち、どうにも女の足にばかり意識が行ってしまうようだ。

弥生の指の股は、今日も汗と脂に湿り、蒸れた芳香が濃く籠もっていた。

文二は美女の足の匂いを貪り、爪先にしゃぶり付いて順々に指の間に舌を潜り込ませていった。

「く……」

弥生は小さく呻き、彼の口の中で唾液に濡れた指先を震わせた。そして彼女は、文二がしゃぶり尽くすと自分で足を交代してくれた。

文二はそちらも味と匂いを貪り、両足とも舐め尽くすと、ようやく弥生も彼の顔に跨がり、厠《かわや》のようにしゃがみ込んできた。

彼の鼻先に、すでに熱く濡れている陰戸が迫り、肌の温もりとともに悩ましい匂いを含んだ湿り気が顔を包み込んだ。

文二は舌を伸ばし、陰唇の内側から息づく膣口、柔肉から大きめのオサネを舐め回した。

「あう……」

弥生が声を潜めて呻きながら、ギュッと恥毛の丘を彼の鼻に押しつけてきた。

柔らかな茂みの隅々には、濃厚な汗とゆばりの匂いが籠もり、心地よく鼻腔を掻き回してきた。

舐めるごとに新たな蜜汁が溢れ、舌の蠢きをヌラヌラと滑らかにした。

文二は充分にオサネを愛撫してから、尻の真下に潜り込み、顔中に双丘を受け止めながら谷間の蕾に鼻を押しつけた。

そこは秘めやかな微香が馥郁《ふくいく》と籠もり、文二は匂いを貪りながら舌先でチロチロと蕾を舐め、内部にもヌルッと潜り込ませた。滑らかな粘膜を味わうと、弥生がキュッと肛門で舌先を締め付けてきた。

そして文二が弥生の前も後ろも充分に舐めると、彼女が股間を引き離し、彼の一物にしゃぶり付いてきた。

「う……」

文二も声を潜めて呻き、快感に身をくねらせた。

弥生はスッポリと喉の奥まで呑み込み、チュッと吸い付きながらクチュクチュと内部で舌を蠢かせた。

たちまち肉棒全体は美女の唾液に温かくまみれ、すっかり高まって幹を震わせた。

さらに弥生はスポンと口を離し、ふぐりにも舌を這わせて睾丸を転がし、脚を浮かせて肛門まで舐めてくれた。

ヌルッと美女の舌先が潜り込むと、文二は申し訳ないような快感に息を詰め、モグモグと美女の舌を肛門で味わったのだった。

彼女もまた文二の前と後ろを存分に賞味すると、身を起こして茶臼（女上位）で跨がってきた。

唾液に濡れた先端を膣口にあてがい、息を詰めてゆっくりと腰を沈み込ませた。

肉棒は、ヌルヌルッと心地よい柔襞の摩擦を受けながら、滑らかに根元まで呑み込まれていった。

「アア……」

弥生は控えめに喘ぎながら股間を密着させ、完全に座り込んできた。

顔をのけぞらせ、目を閉じてしばし快感を嚙み締めるようにキュッキュッと締め付けてきた。

文二も熱く濡れた肉壺に締め付けられ、内部で幹を震わせて快感を味わった。

やがて弥生が身を重ね、彼の肩に腕を回してのしかかり、胸を突き出し乳首を含ませてきた。

彼女は大柄なので、僅かに下を向くだけで、ちょうど乳首に口が届いた。

コリコリと硬くなった乳首を舌で転がし、顔中を張りのある膨らみに埋め込むと、甘ったるい体臭が生ぬるく鼻腔を満たしてきた。

「嚙んで……」

耳元で囁き、弥生は緩やかに腰を遣いはじめた。

文二もそっと歯を立て、コリコリと刺激しながら下からしがみつき、ズンズンと股間を突き上げはじめていった。

大量に溢れる淫水が律動を滑らかにさせ、やがてクチュクチュと淫らに湿った摩擦音も聞こえてきた。

「ああ……、気持ちいい……」

囁くように喘ぎ、弥生はもう片方の乳首も含ませ、彼もチュッと強く吸い付きながら舌と歯で愛撫した。もちろん腋の下にも顔を埋め込み、腋毛に鼻を擦りつけて甘ったるい濃厚な汗の匂いに噎《む》せ返った。

その間も、次第に弥生は腰の動きを速め、熱く息を弾ませていた。

「こ、声が洩れてしまう……」

弥生は言い、上から熱烈に唇を重ね、喘ぎを紛らすように舌をからめてきた。

淫水の量もいつになく多いので、やはり綾乃に気づかれぬよう声を潜めている状況が、相当に興奮と快楽を高めているようだった。

文二も、熱く濃厚に甘い息を嗅ぎながら舌をからめ、トロトロと注がれる生温かな唾液でうっとりと喉を潤しながら股間を突き上げた。

彼は鼻を彼女の口に押し込み、口腔に籠もった熱く悩ましい花粉臭で鼻腔を刺激され、さらに顔中を口に擦りつけた。

弥生も長い舌で顔中を舐め回してくれ、たちまち顔中は美女のかぐわしい唾液でヌラヌラとまみれた。

文二は絶頂を迫らせ、激しく股間を突き上げ続けた。

「アア……、い、いきそう……」

弥生が唾液の糸を引いて喘ぎ、強ばった肌をヒクヒクと震わせはじめた。

膣内の収縮も高まり、もう文二も限界に達してしまった。

「いく……！」

文二は突き上がる快感に口走り、熱い大量の精汁を勢いよく彼女の内部にほとばしらせた。

「あう……、き、気持ちいい……！」

弥生も噴出を受け止めた途端に気を遣ってしまい、短く呻きながらガクンガクンと狂おしい痙攣を繰り返した。そして、さらに喘ぎが洩れそうになったので、また激しく唇を重ねながら絶頂を嚙み締めた。

「ンンッ……！」

彼女は熱く呻きながら一物を締め付け、股間を擦りつけてきた。

文二も、口移しに吹き込まれる熱く甘い息で肺腑《はいふ》を満たしながら、心置きなく最後の一滴まで出し尽くしていった。

弥生は執拗に唇を重ね、熱い鼻息で文二の顔中を湿らせながら硬直していたが、やがて彼が徐々に動きを弱めていくと、肌の強ばりを解いていった。

そしてグッタリと力を抜いてもたれかかり、名残惜しげに膣内を収縮させながら彼に体重を預けてきた。

文二は彼女の重みと温もりを受け止めながら、唾液と吐息の匂いに包まれ、うっとりと快感の余韻を味わった。

良く締まる膣内に刺激され、内部でピクンと一物を跳ね上げると、

「く……」

弥生は呻き、さらにキュッときつく締め付けてきた。そして彼の耳元で荒い呼吸を繰り返し、いつまでも汗ばんだ肌を密着させていた。

「アア……、何だか、今までで一番良かった……」

弥生は熱く囁き、何度も大きく息を吸い込んでは震えながら吐き出した。

やはり綾乃という邪魔者が、弥生の快感を大きくさせたのだろう。確かに、二人きりで大きな声を出して喘ぐより、気づかれぬよう堪《こら》えている分、肉体の快楽が倍加したようだった。

やがて呼吸を整えると、弥生はそろそろと股間を引き離し、ゴロリと横になった。

文二は入れ替わりに身を起こし、懐紙で陰戸を丁寧に拭い清めてやり、自分の一物も手早く処理をした。

「だが、いつまでも声を潜めてするのは難儀だ。何か良い手立てを考えよう」

弥生は言って、ようやく起き上がり、寝巻を整えた。

そして静かに部屋を出てゆくと、文二も行燈を消し、寝床に潜り込んだ。

同じ屋根の下に、二人の武家娘がいて、そのどちらの初物も自分が頂いたのだ。

彼は恵まれた運命を思い、やがて眠りに就《つ》いていったのだった。

第五章　淫《みだ》ら旗本娘に挟まれて

一

「あら、文二。今そちらへ行こうとしていたところだけれど」

昼間、文二が買い物に出ると、途中でばったり絹に出会った。

「あ、こんにちは。買い物に行くところです」

「まあ、そうしたことを綾乃にさせようと思ったのに、お前はまだ弥生さんのところにいるのね？」

「はい」

彼が答えると、絹は一緒に歩きはじめた。

もうすっかり桜も咲き、世間ではあちこち行楽に賑《にぎ》わっているようだが、弥生は剣術、綾乃は読書に専念し、何ら変わりはない暮らしだった。

「綾乃はちゃんとやっている？」

「ええ、毎日本をお読みになっています」

「それでは困るわ。お前が、あれこれ家の中のことをするよう教えないと」

「お武家のお嬢様に、そんなことできません」

「まあ、私からも言っておくけれど、とにかく綾乃は弥生さんとも仲良くやっているのね」

「はい。ご一緒になるのは食事の時ぐらいですが」

「そう、ときに少しいいかしら」

絹は急に声を潜《ひそ》めて言い、裏道に彼を誘《いざな》いながらそっと周囲を窺《うかが》った。

「はい、どうせ弥生様は道場ですし、綾乃様は読書ですので」

「そこへ入りましょう。こうしたところは初めてできまりが悪いけれど……」

絹は一軒の待合を見つけて言い、足早にそちらへと向かった。

幸い周囲には誰も通る人がいないので、絹は意を決して入り、文二もすぐあとから従った。

仲居に案内されて二階の隅の部屋に入ると、すでにそこには床《とこ》が敷き延《の》べられ、枕が二つ並び桜紙も備えられていた。

どうやら絹は、文二に会った途端に激しい淫気を催《もよお》したようだ。

もちろん家を訪ねて、弥生と綾乃がいなければ、そのまま彼と情交する気で来たのだろう。

まさか、この文二が、すでに綾乃の初物を奪っているなどと知ったら、絹は姉としてどんな顔をするだろうかと思った。

「さあ、脱いで」

絹が急《せ》かすように言い、自分も手早くくるくると帯を解きはじめた。

文二も脱ぎ、期待に激しく股間が突っ張ってきた。

先に全裸になって布団《ふとん》に横たわって待つと、絹もためらいなく最後の一枚を脱ぎ去り、一糸まとわぬ姿になって添い寝してきた。

「さあ、また吸って……」

絹が腕枕してくれながら囁《ささや》き、豊かな乳房と濃く色づいた乳首を突き出してきた。

その乳首からは、やはりポッンと乳汁の雫《しずく》が滲《にじ》み出ていた。

文二は甘ったるい匂いに包まれながら乳首に吸い付き、顔中を柔らかな膨《ふく》らみに押しつけた。

すっかり慣れた感じで乳首を吸うと、生ぬるい乳汁が溢《あふ》れて舌を濡《ぬ》らしてきた。

「アア……、いい気持ち……、もっと飲んで……、いい子ね……」

絹はすぐにもうっとりと喘《あえ》ぎはじめ、彼の顔を胸に抱きすくめながら、グイグイと熟《う》れ肌を押しつけてきた。

文二は口に広がる乳汁の匂いと、汗ばんだ胸元や腋《わき》から漂《ただよ》う濃厚な体臭に酔いしれながら、心地よく喉を潤《うるお》した。

絹が文二の顔を抱きながら仰向けになっていったので、彼ものしかかって、もう片方の乳首にも吸い付き、充分に乳汁を飲んだ。

やがて乳汁が出なくなると、絹も気が済んだように両手を解き、完全に受け身の体勢を取った。

文二も彼女の腋の下に顔を埋め、甘ったるい汗の匂いを嗅いでから熟れ肌を舐《な》め下りていった。

透けるように白いスベスベの肌に舌を這《は》わせ、臍《へそ》を舐め、張り詰めた下腹部にも顔中を押しつけた。そして豊満な腰からムッチリとした太腿《ふともも》に降り、脚を舐め下りていった。

足首まで行き、足裏に舌を這わせ、指の股に鼻を押しつけて蒸れた匂いに酔いしれた。爪先《つまさき》をしゃぶり、もう片方の足も全ての指の股を味わい、やがて股間に顔を進めていった。

「ああ……、恥ずかしいわ……」

絹は喘ぎながら言いつつ、自ら両膝を左右全開にしてくれた。

文二は内腿を舐め上げて陰戸《ほと》に迫り、熱気を顔に受けながら目を凝《こ》らした。

肉づきの良い割れ目からはみ出す陰唇は、興奮に濃く色づいて、間からは乳汁に似た白っぽい粘液が滲み出ていた。

黒々と艶《つや》のある茂みに鼻を埋め込むと、何とも甘ったるい体臭が籠《こ》もり、文二は胸いっぱいに吸い込みながら舌を伸ばしていった。

大量に溢れるヌメリは淡《あわ》い酸味を含み、彼は舌先で襞《ひだ》の入り組む膣口を掻《か》き回し、滑らかな柔肉をたどって淫水をすすりながら、ツンと突き立ったオサネまで舐め上げていった。

「アアッ……、き、気持ちいいッ……！」

絹は顔をのけぞらせ、量感ある内腿でキュッときつく彼の両頬を挟み付けながら喘いだ。やはり、夫はしてくれない強烈な愛撫《あいぶ》が、すっかり病みつきになってしまったのだろう。

文二は豊満な腰を抱えてチロチロと舌先で弾くようにオサネを舐めては、後から後から泉のように溢れてくる蜜汁をすすった。

さらに彼女の脚を浮かせ、白い尻の谷間に鼻を埋め込み、可憐《かれん》に盛り上がった蕾《つぼみ》に籠もる微香を嗅いだ。舌を這わせると細かな襞の収縮が伝わり、潜り込ませるとヌルッとした粘膜に触れた。

「あう……、嫌ではないの……？」

絹が息を詰めて言い、侵入した舌先をキュッと肛門で締め付けた。

文二は舌を出し入れさせるように動かし、充分に内壁を愛撫してから引き抜き、そのまま溢れる雫をすすりながら再びオサネに吸い付いていった。

「も、もう堪忍《かんにん》……、気を遣《や》りそう……」

絹も迫り来る絶頂の波を感じて言い、彼を股間から引き離した。どうせなら、交接して昇り詰めたいのだろう。

彼女は文二の手を引いて仰向けにさせ、今度は彼の股間に顔を迫らせてきた。

「大きい……、これが入ってくるのね……」

絹は溜息混じりに呟《つぶや》き、幹《みき》を握ってきた。そして先端に口づけをし、ヌラリと舌を伸ばして鈴口から滲む粘液を舐めてくれた。

「ああ……」

文二は快感に喘ぎながらも、知り合う武家女がみな淫《みだ》らということに驚いていた。

絹は口を開いてスッポリと根元まで呑《の》み込み、熱い鼻息で恥毛をくすぐりながら、クチュクチュと舌を蠢《うごめ》かせてきた。

そして顔全体を上下させ、スポスポと摩擦《まさつ》してからチュパッと離し、ふぐりにも舌を這わせ、二つの睾丸を転がしてくれた。自ら淫らな行為をし、興奮を高めているようだった。

お行儀悪く音を立ててしゃぶって充分に濡らすと、彼女は身を起こし、上から一物に跨《また》がってきた。

唾液にまみれた先端を陰戸に押しつけ、息を詰めて腰を沈み込ませると、肉棒は滑らかにヌルヌルッと根元まで呑み込まれていった。

「アアッ……、奥まで響くわ……」

絹はビクッと顔をのけぞらせて喘ぎ、彼の股間に体重をかけながらグリグリと腰を動かした。文二も肉襞の摩擦と温もりに酔いしれ、締め付けられながらヒクヒクと幹を震わせた。

やがて彼女が覆いかぶさるようにし、自ら豊かな乳房を揉《も》み、乳首をつまんだ。

すると濃く色づいた乳首から、無数の霧《きり》状になった乳汁が噴出し、彼の顔中に生温かく降りかかった。

「ああ……、もっと……」

文二は甘ったるい匂いにうっとりとなって言い、思わずズンズンと股間を突き上げた。絹も腰を遣いながら、両の乳首を強くつまんで乳汁を振りかけた。

乳汁は、霧状のものとポタポタ滴《したた》る分に分かれ、彼は舌を出して味わいながら快感を高めていった。

やがて出なくなると絹は覆いかぶさり、彼の顔中を濡らした乳汁に舌を這わせてきた。文二は美女の滑らかな舌にうっとりとなり、甘ったるい乳の匂いが混じる白粉《おしろい》臭の息に酔いしれた。

顔中がヌラヌラと唾液にまみれると、彼女は上からピッタリと唇《くちびる》を重ね、舌をからめてきた。文二も熱く甘い息を嗅ぎながら、注がれる生温かな唾液を飲み込み、股間を突き上げた。

「い、いきそう……、もっと突いて、強く奥まで……」

絹が口を離し、熱く声を上ずらせて腰の動きを速めていった。

文二も下からしがみつきながら激しく動くと、たちまち絹はガクンガクンと狂おしい痙攣《けいれん》を開始した。

「いく……、気持ちいいわ、アアーッ……！」

彼女は激しく声を上げて股間を擦《こす》りつけ、文二も続いて膣内の収縮に巻き込まれて昇り詰めた。

「く……！」

大きな快感に貫《つらぬ》かれて呻《うめ》き、勢いよく精汁を奥にほとばしらせると、

「あうう……、もっと……！」

噴出を感じた絹が駄目押しの快感を得て呻き、キュッキュッときつく締め付けてきた。文二も身悶《みもだ》えながら、最後の一滴まで出し尽くし、すっかり満足して動きを弱めていった。

「アア……」

絹も満足げに声を洩《も》らし、硬直を解いてグッタリと彼にもたれかかってきた。

文二は熟れ肌の重みと温もりを受け止め、湿り気あるかぐわしい息を嗅ぎながら、うっとりと快感の余韻を味わったのだった。

二

「実は夕べ、弥生さんとお前の情交を覗《のぞ》いてしまったの」

夜、文二の部屋に綾乃が来て言った。

「え……」

文二は驚いたが、彼女は平然としている。

武芸者の弥生が気づかぬほど気配を消し、綾乃はこっそり襖《ふすま》の隙間から覗いていたようだ。まあ、それだけ弥生も夢中だったし、綾乃の探求心も常人離れをしているのだろう。

そんな綾乃でも、文二が昼間、彼女の姉の絹と交わったと知ったら、どんな顔をするだろうか。

「すごく激しかったわ。弥生さんも、お前のことが大好きなのね」

「好きだなんてとんでもない。私は、心地よくなるための便利な道具で構わないのです」

「そう、じゃ私も気持ち良くさせて」

綾乃が言って、顔を寄せてきた。寝巻姿に眼鏡《めがね》が、何やら今はことのほか可憐に見えた。

昼が重なると、文二も柔らかな感触を味わい、熱く湿り気ある甘酸っぱい息の匂いにムクムクと勃起していった。

舌がからまると、生温かくトロリとした、何とも清らかな唾液が美味《おい》しかった。

文二も滑らかな舌を味わいながら美少女の息を嗅ぎ、すっかり酔いしれて淫気を高めていった。

しかし、その時である。

「何をしている」

いきなり襖が開き、弥生が入ってきたではないか。

「うわ……、も、申し訳ありません……」

文二は度肝を抜かれ、慌てて離れて平伏《ひれふ》した。

しかし、ここでも綾乃は落ち着いたものだった。

「ねえ、弥生さん、お願いがあるのです」

「何か……」

弥生も、年下の綾乃の態度に気を呑まれたように答えた。

「私は玄庵先生に弟子入りしようと思うのですが、まだ人の身体を知りません。自分の陰戸は見えないので、見せて頂けませんか」

「な、何をいきなり……」

弥生が狼狽《うろた》えながら言ったが、綾乃は彼女の手を引いて布団に座らせた。

「文二が一緒なら恥ずかしくありませんでしょう。それに、女の前で股を開くのも、操さんで慣れていらっしゃるのでは」

「あ、相手が誰でも良いというわけではない……」

「分かってます。でも、ここは後学のためにどうか。知識を増やして弟子入りが叶えば、私はここをすぐ出ていきますので」

綾乃が言い、強引に弥生を横たえてしまった。

この風変わりな美少女の勢いに押され、弥生ほどの猛者《もさ》が抵抗も出来ず仰向けになり、文二はおろおろと成り行きを見守るだけだった。

「では拝見」

綾乃は言って彼女の帯を手早く解き放ち、寝巻を左右に開いた。弥生は、今宵《こよい》も文二と情交するつもりだったか、下には何も着けていなかった。

「ああ……、なぜこのようなことに……」

弥生は息を弾ませて言い、綾乃は彼女を大股開きにさせると、文二の手を引いて一緒に腹這いになった。

文二も、綾乃と頬《ほお》を寄せ合いながら顔を進め、弥生の股間に迫った。

まだそれほど濡れていないが、綾乃は遠慮なく陰唇を指で広げた。

「アア……」

弥生が、二人分の熱い視線と息を陰戸に感じて喘いだ。

「確かに、オサネが大きいわ。文二、私の何倍あるかしら」

「さ、さあ……、何倍も大きいかと思いますが……」

文二は、弥生の股間に籠もる熱気と、綾乃の果実臭の息に刺激され、頭をクラクラさせながら小さく答えた。

綾乃は膣口の周りにそっと指を当て、光沢ある大きなオサネも指の腹でクリクリと圧迫した。

「あう……、やめて……」

弥生が、羞恥《しゅうち》と快感に女らしい声を洩らした。

「ここところ、どっちが感じるのですか」

綾乃は言いながら、弥生のオサネをいじり、そして濡れはじめてきた膣口に浅く指を入れてクチュクチュと内壁を擦った。

「ど、どっちも……」

いつしか弥生も、すっかり妖《あや》しい雰囲気に呑まれて素直に答えた。

「ここは？」

綾乃は、弥生の肛門まで指先でツンツンつついて訊いた。

「アア……、そこも……」

「すごいわ。こんなに濡れてきた」

綾乃は、割れ目内部全体をヌラヌラと覆う蜜汁を見て言った。

「文二、匂いはどう？　私と似ている？」

綾乃は言って場所を空け、彼の頭を押しやって陰戸に顔を埋めさせた。

その言葉で、すでに綾乃が文二と通じていることが分かってしまっただろうが、弥生は羞恥と快感に心を奪われているようだった。

文二も柔らかな茂みに鼻を擦りつけて嗅ぎ、汗とゆばりの混じった体臭で胸を満たした。

さらに彼は弥生の腰を浮かせ、尻の谷間にも鼻を押しつけた。引き締まった双丘の丸みを顔中に受け、蕾に籠もった秘めやかな微香を嗅いでから舌先でくすぐるように舐め回した。そして弥生の前も後ろも充分に味わってから、顔を上げた。

「匂いは大体同じですが、弥生様の方が少し濃いです」

言うと、弥生がさらなる羞恥にピクンと下腹を波打たせ、綾乃もすぐ顔を埋め込んでいった。

「これが、女の陰戸の匂い……」

綾乃は嗅いで呟き、さらに探求心か好奇心か、ヌラリと舌を出して弥生の割れ目を舐めた。

「ああッ……！」

オサネを刺激され、弥生が顔をのけぞらせて喘いだ。股間に二人もいるから、股も閉じられず、クネクネと腰をよじらせて悶えていた。

「味はそれほど濃くないわ。やはり、交接を滑らかにさせるために出るのね」

綾乃は感想を述べ、また場所を空けて再び文二に顔を埋めさせた。

彼も弥生の体臭に包まれながら舌を這わせ、溢れはじめた淡い酸味の蜜汁をすすり、息づく膣口から大きめのオサネまで舐め上げていった。

「く……、気持ちいい……」

弥生が喘ぐと、

「待って、こうするわ」

綾乃が言って指を膣口に押し込んできた。

さらに肛門にも浅く指を潜《もぐ》り込ませ、弥生の前後の穴の内部を探った。愛撫と観察の両方なのだろう。

そのうえで、再び文二が屈み込んでオサネを吸った。

「あうう……、駄目、いく……、アアーッ……！」

弥生が激しく声を上げて身を反らせ、ピュッと激しい勢いで潮を噴いた。

「あん、すごいわ。何これ……」

覗き込んでいたため淫水の噴出を顔に受けた綾乃が言い、なおも弥生がグッタリなるまで前後の穴で指を動かし続けた。

文二も淫水を飲み込みながら執拗《しつよう》にオサネに吸い付いていたが、やがて弥生が腰をよじり、

「お願い……、もう堪忍……」

声を震わせて言ったので、ようやく舌を引っ込めた。

綾乃もそれぞれの指を前後の穴からヌルッと引き抜き、ビショビショになった陰戸をもう一度舐め回した。

「ゆばりじゃなく、味も匂いもないわ。男が精汁を放つように、女も淫水を噴くことがあるのね……」

綾乃は新しい発見に興奮したように言い、思い出したように眼鏡を外し、懐紙で淫水に濡れた玉を拭《ふ》いた。

息も絶えだえだった弥生が、ぼんやりと綾乃の顔を見たか、声を洩らした。

「あ……」

「なんて……」

弥生が驚いたように言い、抜けている力を振り絞るように綾乃の手を握った。

そのまま引き寄せ、強引に添い寝させたのだ。

「あん……」

「なんて美しい……、なぜ無粋《ぶすい》な眼鏡など……」

弥生は、初めて綾乃の素顔を見たらしく、惚《ほ》れ惚れと見つめて囁いたのだった。

三

「いい？　今度は私が好きにするわ……」

弥生は言い、綾乃の頬を撫《な》で、そっと唇を重ねていった。

綾乃も、急に積極的になった弥生に少々戸惑《とまど》っていたようだが、何しろ好奇心が旺盛のため拒むことはせずされるままになった。美女と美少女の唇が密着して熱い息が混じり合い、舌もからめているのか二人の上気した頬が蠢いた。

文二は、押し潰《つぶ》さないよう綾乃の眼鏡を遠くへ置き、女同士の熱烈な口吸いに激しく興奮しながら見つめていた。

弥生は執拗に舌をからめながら乱れた寝巻を脱ぎ去り、綾乃の帯も解いて寝巻を脱がせはじめた。それを文二も手伝うと、たちまち女二人は一糸まとわぬ姿になってからみ合った。

唇ばかりでなく、柔らかな乳房も密着して押し潰れ、弥生の手が綾乃の脇腹や尻にも這い回った。

あまりに強烈な光景に、文二も寝巻を脱いで全裸になった。いきなり参加するのもせっかくの女同士の雰囲気を壊してしまうので遠慮し、せめて二人の足の方に顔を寄せ、足裏に舌を這わせた。

二人も文二のことは気にせず、じっとしていてくれた。

それぞれの足裏を舐め回し、指の股に鼻を割り込ませて嗅ぐと、どちらも汗と脂に湿って蒸れた匂いが沁《し》み付き、文二は興奮しながら爪先にしゃぶり付いて指の間も念入りに舐めた。

そして充分に味わってから、今度は綾乃の脚の内側を舐め上げ、そろそろと股間に顔を迫らせていった。

するといつしか綾乃が仰向けになって大股開きになり、弥生も文二と一緒に顔を潜り込ませてきたのである。

先に文二は綾乃の若草に鼻を擦りつけ、汗とゆばりの混じった体臭を貪り、濡れはじめている割れ目に舌を這わせた。

「私も……」

弥生が言って彼をどかせ、綾乃の陰戸に顔を埋めて舐め回した。

「アア……」

綾乃も、ヒクヒクと白く張り詰めた下腹を波打たせて喘いだ。

「操に似た匂い。すごく懐かしい……」

弥生は熱く甘い息を弾ませて言い、もう一度綾乃の膣口からオサネを舐め回した。

そして綾乃の脚を浮かせたので、文二は尻の谷間に鼻を埋め込み、蕾に籠もる微香を嗅いでから舌先でチロチロと味わった。

「ああン……、いい気持ち……」

弥生と文二に前と後ろを舐められ、綾乃が身悶えながら声を震わせた。

やがて充分に味わうと、弥生が顔を上げて綾乃を起こし、今度は文二を仰向けにさせていったのだ。

「さあ、一緒に男を味わいましょう……」

弥生は言って、綾乃と一緒に頬を寄せ合い、大股開きになった文二の股間に顔を寄せてきた。

二人はまず、ふぐりに舌を這わせ、それぞれの睾丸を転がし、優しく吸い付いたのだ。美女たちの熱い息が股間に混じり合い、舌が別々の動きをして袋全体を生温かく濡らしてきた。

「ああ……」

文二は快感と畏《おそ》れ多さに喘いだ。

旗本の娘が二人がかりで舐めてくれているのだ。これほど恵まれた小僧は江戸中でも自分だけだろうと彼は思った。

さらに二人は申し合わせたように文二の両脚を浮かせ、代わる代わる肛門を舐めてくれた。

「あうう……」

微妙に異なる舌先が這い回り、交互にヌルッと潜り込んで蠢くのだ。

文二は二人の舌先を肛門で締め付けた。屹立《きつりつ》した一物は、内側から操られるようにヒクヒクと上下に震え、滲む粘液が鈴口を濡らした。

ようやく顔が離れると脚が下ろされ、二人の舌先はとうとう肉棒の根元から先端に向かって這い上がってきた。

また二人は交互に舌先でチロチロと鈴口を舐め、滲む粘液をすすった。

そして張りつめた亀頭を一緒にしゃぶり、代わる代わるスッポリ呑み込んでは強く吸い付き、スポンと引き離しては交代した。

「アア……、い、いきそう……」

文二は溶けてしまいそうな快感に警告を発したが、一向に二人は強烈な愛撫を止《や》めようとしなかった。

たちまち肉棒は二人の唾液に生温かくまみれ、舌に翻弄《ほんろう》されて高まった。まるで二人の美女たちの口吸いに、一物が割り込んでいるようだった。

「いく……、ああッ……！」

とうとう大きな絶頂の快感に全身を貫かれ、文二は喘ぎながらガクガクと股間を突き上げた。同時に、熱い大量の精汁が勢いよく噴出し、ちょうど含んでいた弥生の喉の奥を直撃した。

「ク……」

弥生は噴出を受け止めて呻き、第一撃を飲み込むと、すぐ口を離して交代した。

綾乃も含んでくれ、余りの精汁を全て吸い出してくれた。

文二は、綾乃の口の中でヒクヒクと幹を震わせ、最後の一滴まで絞り尽くし、やがてグッタリと四肢を投げ出した。

綾乃も全て飲み干して口を離すと、二人はなおも鈴口から滲んで脹《ふく》らむ余りの雫を舐め合い、全て綺麗にしてくれた。

その舌の刺激に亀頭が過敏に反応し、文二は腰をよじって降参した。

ようやく二人も顔を上げて舌なめずりすると、何やら二人の間には同じ男に初物を捧げて共有しているような連帯感が生まれたようだった。

「一度、身体を流したいわ」

「ええ……」

弥生が言うと、綾乃も立ち上がり、全裸のまま部屋を出て行った。

文二も余韻を味わい、呼吸を整えてから起き上がってあとから井戸端へと行った。

今夜は生温かく、空には満月が浮かんでいた。どこかから花の香りも漂ってくるような、心地よい宵であった。

水を汲《く》んで三人で身体を流し、股間を洗った。

二人の濡れた肌が夜目にも艶《なま》めかしく、また文二は淫気が回復してきてしまった。

文二はもうしばらくオサネを舐めてからモゾモゾと這い上がり、咲の乳首に吸い付いていった。

「ああ……」

股間を舐められる羞恥から解放され、咲が声を洩らし彼の顔を胸に抱きすくめてくれた。文二も顔中に柔らかな膨らみを密着させ、チロチロと乳首を舌で転がしながら甘ったるい汗の匂いに包まれた。

もう片方の乳首にも吸い付き、充分に愛撫してから、彼は咲の腋の下に顔を埋め込み、和毛《にこげ》に籠もった濃厚な体臭で鼻腔を満たした。

「いい匂い」

「あん、駄目……」

また思わず言うと、咲が声を上げて彼の顔を突き放してきた。

そのまま文二は咲の顔を下方へと押しやると、彼女も素直に一物に顔を寄せ、そっと幹に指を添えながら先端を舐め回してくれた。

「アア……、いい気持ち……」

文二が受け身になってうっとりと喘ぐと、咲もされるより気が楽なのか、念入りに舌を這わせてからスッポリ呑み込んできた。

美少女の温かく濡れた口腔に根元まで含まれ、文二はヒクヒクと幹を震わせて快感を味わった。咲も頬をすぼめてチュッチュッと吸い付き、熱い鼻息を恥毛に籠もらせながら舌をからめてくれた。

文二は清らかな唾液にまみれて充分に高まると、彼女の口を離させた。

すると咲も仰向けになってきたので、本手《ほんで》（正常位）を望んでいるようだ。本当は、彼女を垂らしてもらえるので茶臼《ちゃうす》（女上位）が好きなのだが、文二も素直に身を起こし、彼女の陰戸に股間を進めていった。

濡れた割れ目に先端を押しつけ、ゆっくり挿入していくと、肉襞の摩擦が心地よく彼自身を包み込んできた。

「ああッ……！」

咲が顔をのけぞらせて喘ぎ、文二も根元まで押し込んで身を重ねていった。

彼女がしがみついてきたので、文二も肩に手を回してシッカリ抱きすくめ、充分に温もりと感触を味わってから、徐々に腰を突き動かしはじめた。

「あう……」

「痛くない？」

「ええ、大丈夫。もっと強くしてもいいわ……」

咲が健気に答え、下からも股間を突き上げてきた。文二は上から唇を重ねながら次第に激しく律動し、美少女の唾液と吐息に高まっていった。

「アア……、き、気持ちいいッ……!」

たちまち咲が口を離してのけぞり、彼の背に爪まで立ててきた。どうやら気を遣ったようで、文二も悦びの中で同時に昇り詰めていったのだった。

第六章　目眩《めくるめ》く快楽は果てなく

一

「どうか、よろしくお願い致します」

「ああ、では行こうか」

文二と咲が頭を下げて言うと、弥生も頷《うなず》いて歩きはじめた。

これから、根津《ねづ》にある小間物屋に三人で出向くところだった。

小間物屋は五十前後の夫婦が営んでおり、子がないので文二と咲を夫婦養子にどうかと弥生が仲を取り持ってくれたのだった。そこは大店《おおだな》で、弥生の父親が上士への進物などによく使っているらしい。

今日顔合わせをし、のちに大前屋や咲の親も一堂に会して正式に決まることになるだろう。

文二と咲は、大股に先へゆく弥生のあとから従って歩いた。

文二も、いよいよだなと思うと胸が膨《ふく》らんだが、反面、今の暮らしが終わりに近づいていることに寂しさも感じた。それでも、考えてみれば弥生も綾乃も、元々は縁のない世界の女たちなのである。

と、近道をして神社の境内《けいだい》を横切ろうとすると、弥生の前に二人の男が立ちはだかった。

「やっぱり、こないだの女か！」

二人は、いつか弥生が叩きのめした町奴《まちやっこ》たちだった。今日も昼間から酔っているらしいが、弥生を見つけて先回りしてきたのだろう。あるいは、あれから弥生を捜し回っていたのかも知れない。

「どけ、虫けらども」

弥生は一向に怯《ひる》まずに言ったが、文二と咲を後ろに庇《かば》いながら鯉口《こいぐち》を切った。

周囲は人けの少ない場所で、文二も、何事かと震《ふる》えている咲の肩を抱いた。

「なにい、今日は容赦しねえぞ！」

酔漢《すいかん》たちは言ったものの、二人とも弥生の強さは知っているのか、迂回《うかい》して咲の方へ摑《つか》みかかってきたではないか。

あるいは咲を人質にとって、弥生の動きを封じようというのだろう。

「危ない……」

文二は咲を後方へ庇ったが、もう股間を蹴るような余裕はなかった。

「どけ、小僧！」

町奴は、文二が先日女装していた事には気づかずに怒鳴り、いきなり長脇差《ながどす》を抜き放ち、斬りつけてきたのである。

「うわ……！」

文二は、左肩から胸にかけて熱いような痛みを感じて声を上げた。そして流れる血を見ると、力が抜けてガックリと膝《ひざ》を突いた。

「文二さん……！」

（ああ……、やはり良いこと続きで、罰《ばち》が当たったか……）

文二は、咲の声にも答えられずに思い、そのまま倒れて気を失ってしまった……。

――目の前は、靄《もや》がかかったように真っ白だった。

と、そこへ人影が現れた。着物を着た武家娘らしく、顔立ちは文二によく似た感じだった。

「あ、貴女《あなた》は……？」

「私は、小杉操」

文二が聞くと、彼女は答えた。

「ああ、貴女が操様……」

文二は、全ての始まりだった操に、ようやく会えた思いで言った。

「まだ、こちらへ来てはいけませんよ。弥生様が悲しみますからね」

操は静かに言い、文二の前まで来た。

文二は、ここがどこか分からず、死んだ操と会っているのに変とも思わず、こんな最中だというのに急激に淫気を催《もよお》した。

そして思わず彼女を抱きすくめ、上も下も分からぬ世界でフワフワと舞うようにしながら唇《くちびる》を重ねていった。

操も薄目で彼をじっと見つめながら口を開き、舌をからみつけてくれた。

甘い芳香が文二の鼻腔を満たし、トロリとした清らかな唾液のヌメリが彼の舌を濡《ぬ》らしてきた。

いつの間にか二人は全裸になっており、文二は彼女を抱きすくめたまま、懸命に一物を陰戸《ほと》に差し入れた。操も拒《こば》まず、股間を突き出してくると、たちまち二人は深々と繋がった。

「アァッ……！」

操がしがみつきながら声を上げた。

「弥生様と同じ相手の男を知って、これで心残りが消え去りました……」

操がか細く言うなり、みるみる文二の腕の中から感触が薄れてゆき、姿が消えてしまった。

「み、操様……！」

白い雲の中で一人取り残され、文二は声を上げた。

「なに？　操だって？　何の夢を見ているのだ」

と、男の声がし、文二はうっすらと目を開けた。

「こ、ここは……」

文二は天井を見つめ、自分を覗《のぞ》き込んでいる玄庵と、咲と綾乃の顔を認めた。

「弥生さんの家だ。斬られたお前さんを、お咲と通りかかった人たちで運んできた」

「そ、そうですか……」

文二は溜息《ためいき》をつき、胸が痛んで顔をしかめた。

「いたたた……、でも、この世とあの世の境で、操さんが、まだ来るなと言ってました……」

「まだ来るなも何も、大した傷ではない。町奴の長脇差なんぞナマクラだ。斬られた傷は五寸（約十五センチ）ばかりだが縫《ぬ》うほど深くはない。金創《きんそう》（刀傷）より打ち身と言うべきだ。むろん肩の骨も折れてはいない」

「そ、それで弥生様は……」

「町奴の二人を叩っ斬って、今は番屋で取り調べを受けている。もちろん先に抜いたのは町奴だし、僅《わず》かながら見ていた人たちもいるので、やがて無罪放免だろう」

「そうですか……、良かった……」

文二は力を抜いて答え、無事な咲を見上げた。

咲も涙ぐみながら、安心したように彼を見下ろしていた。

綾乃は、玄庵の治療を手伝っていたのだろう。襷《たすき》掛けで、甲斐甲斐《かいがい》しく晒《さら》しや盥《たらい》を用意してくれていた。

「では、あとは綾乃に任せて儂《わし》は帰る」

そう言い、玄庵は帰っていった。

すると入れ替わりに文二の母親も見に来たが、大した傷ではないので安心し、咲と一緒に帰っていった。

傷は焼酎《しょうちゅう》で消毒され、布が当てられ、きつく晒しが巻かれているだけだ。

文二は、裸に下帯だけの姿である。

「まあ、勃っているわ。こんな最中なのに」

一人残った綾乃が、彼の突っ張った股間を見て言った。

「ええ、夢の中で操様と交わっていたのです」

「呆《あき》れた……。でも、それだけ元気なら大丈夫ね。玄庵先生に言われて、手当のほとんどは私がしたのよ」

綾乃が言って下帯を解き放つと、勃起した一物がぶるんと飛び出した。

「すごいわ。傷が痛んでも、精汁は放ちたい？」

「え、ええ……」

「いいわ。痛みと心地よさと、どっちが良いものかあとで聞かせて」

綾乃は好奇心いっぱいに、眼鏡《めがね》の奥の目をキラキラさせて言い、やんわりと幹《みき》を握ってくれた。

「ああ、いい気持ち……、でも、やっぱり傷が痛くて、すぐにはいけないかも……」

文二はニギニギと綾乃の指に弄《もてあそ》ばれながら、正直に言った。

「どうすればいい？」

「先に、匂いを嗅ぎたい……」

「まあ、お前らしいわ。どこから？」

「足の指から……」

文二が言うと、綾乃は指を離して立ち上がり、顔に近づいてくれた。

羞《は》じらう咲も可憐《かれん》で好きだが、こうして要求すれば何でもしてくれる旗本娘は実に貴重な存在であった。

文二は、恵まれすぎて罰が当たった思いだったのに、こうして性懲《しょうこ》りもなく、すぐ目の前の女に淫気を全開にしてしまうのだった。

綾乃は壁に手を突き、片方の足を浮かせ、そっと足裏を彼の顔に乗せてくれた。

文二は美少女の足裏を顔中に受け止め、舌を這《は》わせながら指の股に鼻を押しつけて嗅いだ。

蒸れた匂いが鼻腔を刺激し、舌を這わせると汗と脂の湿り気が心地よかった。

「あん、くすぐったいわ……」

綾乃が小さく喘《あえ》ぎ、ビクリと脚を震わせた。揺れる裾《すそ》の生温かな風が文二の顔を撫《な》で、白い脹《ふく》ら脛《はぎ》までが覗いた。

やがて足を交代してもらい、彼は新鮮な味と匂いを堪能《たんのう》した。

「じゃ、顔に跨《また》がって下さいませ……」

言うと、綾乃も着物と腰巻の裾をめくり上げ、文二の顔に跨がり、厠《かわや》に入ったようにゆっくりとしゃがみ込んできてくれた。

白い脹ら脛と内腿がムッチリと張りつめて量感を増し、生ぬるい熱気とともに、肉づきの良い陰戸が一気に鼻先に迫ってきた。

文二は、割れ目からはみ出した陰唇に口を付け、少しずつ濡れはじめた柔肉に舌を這わせ、柔らかな茂みに籠《こ》もる体臭を嗅いだ。

二

「アアッ……、いい気持ち……！」

綾乃が熱く喘ぎ、思わずギュッと座り込むように股間を彼の顔に押しつけてきた。

文二も、甘ったるい汗の匂いと残尿臭の刺激を味わいながら、淡《あわ》い酸味の蜜汁をすすり、割れ目内部を夢中で舐《な》め回した。

突き立ったオサネをチロチロと舌先で弾き、上の歯で包皮を剝《む》いてチュッと吸い付くたび、新たな蜜汁がトロリと滴《したた》ってきた。

さらに尻の真下に潜《もぐ》り込むと、顔中にひんやりと密着する双丘が何とも心地よかった。谷間の蕾《つぼみ》に鼻を埋め込んで嗅ぐと、淡い汗の匂いに混じって秘めやかな微香が悩ましく鼻の奥を刺激してきた。

舌先で蕾を舐め、充分に唾液で襞《ひだ》を濡らしてからヌルッと潜り込ませ、滑らかな粘膜も味わった。

「あう……」

綾乃も感じて呻《うめ》き、モグモグと肛門で舌先を締め付けてきた。

文二は充分に舌を蠢《うごめ》かせ、再び陰戸に戻って新たなヌメリをすすり、オサネを舐め回した。

「も、もう駄目……、いきそう……」

綾乃が言い、自分から陰戸を引き離して移動してきた。

仰向けの文二の股間に顔を寄せ、熱い息を恥毛に籠もらせながら先端をしゃぶり、舌先で鈴口をくすぐり、滲《にじ》む粘液を舐め取ってくれた。

さらに幹を舐め下り、ふぐりにも舌を這わせて睾丸を転がし、再び肉棒の裏側をゆっくり舐め上げ、丸く開いた口でスッポリと呑《の》み込んできた。

「ああ……」

文二は快感に喘ぎ、美少女の濡れた口の中でヒクヒクと幹を震わせた。

綾乃は上気した頬《ほお》をすぼめてチュッチュッと吸い付き、内部でもクチュクチュと舌をからみつけてきた。

一物は清らかな唾液にどっぷりと浸り、さらに綾乃は顔を小刻みに上下させ、スポスポと強烈な摩擦《まさつ》を繰り返した。

「い、いきそう……」

文二が言うと、綾乃がスポンと口を引き離した。

「どっちがいい？　私のお口と陰戸と」

綾乃が、何とも有難《ありがた》いことを言ってくれた。

「綾乃様のお好きな方で……」

「そう、じゃ傷が痛くなければ入れるわ」

彼女は答え、すぐにも身を起こし、再び裾をたくし上げて一物に跨がってきた。

先端を濡れた陰戸に押しつけ、位置を定めてゆっくりしゃがみ込むと、一物は滑らかに呑み込まれていった。

「あぁッ……！」

綾乃が顔をのけぞらせて喘ぎ、完全に股間を密着させながらキュッときつく締め付けてきた。

しかし文二の胸に手を突こうとして止め、身を重ねながらも両手を彼の顔の左右に置いて重みがかからないようにしてくれた。

「大丈夫？」

「はい、どうかお気遣いなく、お好きに動いて下さいませ……」

文二は答え、自分も出来る範囲で股間を小刻みに突き上げはじめた。

「アア……、いいわ、すごく……」

綾乃は近々と顔を寄せながら喘ぎ、艶《なま》めかしく腰を遣ってくれた。

文二が舌を伸ばすと、綾乃も唇を押しつけてクチュクチュと舌をからめてくれ、生温かな唾液もトロトロと注いでくれた。

文二は小泡の多い唾液を味わい、うっとりと喉を潤《うるお》しながら高まっていった。

「あの……」

「いいわ、何でも言って」

「下の歯を、私の鼻の下に引っかけて……」

「こう？」

言うと、綾乃もすぐに彼の鼻に歯を当て、大きく口を開いてくれた。口腔に籠もる果実臭と、ほのかな唾液や歯垢の成分まで甘酸っぱく彼の鼻腔を掻《か》き回してきた。

「ああ……、なんていい匂い……」

文二は美少女の口の匂いに酔いしれながら喘ぎ、急激に絶頂を迫らせて動いた。

「あ……」

綾乃も腰を遣い、惜しみなくかぐわしい息を吐きかけてくれながら、たまに舌先でチロチロと鼻の穴を舐めてくれた。しかも下向きのため溢れた唾液がヌラヌラと彼の顔を濡らしてきた。

「い、いく……！」

文二は身を強《こわ》ばらせ、斬られた肩と胸の痛みに耐えながらも、たちまち絶頂の快感に全身を貫《つらぬ》かれてしまった。

同時に、ありったけの熱い精汁が柔肉の奥にほとばしった。

「アアッ……、気持ちいい、いく……！」

綾乃も噴出を受け止めると激しく気を遣り、熱く喘ぎながらガクンガクンと狂おしい痙攣《けいれん》を繰り返した。

文二も心置きなく最後の一滴まで出し尽くし、満足しながら徐々に動きを止め、全身の強ばりを解いていった。

「ああ……、良かった……」

「ね、どうか、こうしてください……」

文二は簀《す》の子《こ》に座り、二人を左右に立たせた。そしてそれぞれに肩を跨がせ、顔に股間を突き出させたのだ。

「ゆばりをかけてください……」

勃起しながら言うと、綾乃はまた、こうした男の心理に興味を持ったように、すぐにも下腹に力を入れはじめてくれた。

そんな様子に、弥生も息を詰め、懸命に尿意を高めた。

文二は期待に胸を高鳴らせ、左右の陰戸を交互に見ながら、すっかり一物もムクムクと元の硬さと大きさを取り戻してしまった。

どちらの柔肉も迫り出すように盛り上がり、妖しく蠢いていた。

「ああ……、出るわ……」

綾乃が息を詰めて言い、間もなくポタポタとゆばりが滴り、徐々に勢いを付けて一条の流れとなっていった。それが彼の頬に注がれ、ほのかな匂いと温もりに肌を伝い流れた。

愛らしい流れを舌に受け止めると、淡い味と匂いが心地よく、文二は息を弾ませて飲み込んだ。

するとすると反対側から弥生も放尿をはじめ、チョロチョロと熱い放物線を彼の肌に注いできた。二人の流れは胸から腹に伝い、回復した一物を温かく浸《ひた》した。

文二はそちらにも顔を向け、綾乃よりもやや濃い味わいと匂いを堪能《たんのう》し、喉を潤したのだった。

「アア……、おかしな気持ち……」

弥生が言い、フラつく身体を綾乃と支え合いながら、二人とも最後まで出し切ってくれた。文二は交互に濡れた割れ目を舐め回し、余りの雫をすすった。

「ああ、いい気持ち……、早く部屋へ……」

弥生が腰をくねらせ、新たな淫水を漏らしながら言った。

二人とも、割れ目内部に残ったゆばりを洗い流すほど、大量の蜜汁を溢れさせていたのだった。

やがて三人はもう一度水を浴びて身体を拭き、全裸のまま部屋へと戻っていった。

二人は、再び文二を仰向けにさせ、何と一緒に彼の足裏を舐めはじめたのだ。

「うわ……、お待ちください……」

文二は驚いて言ったが、二人はもう夢中で、すっかり心を通じ合わせたように濃厚な愛撫を止めようとはしなかった。

まさか、井戸端で洗ったばかりとは言え、旗本娘二人が足の裏を舐めているなど、とても現実とは思えなかった。

しかも二人とも満遍《まんべん》なく舌を這わせ、爪先にもしゃぶり付いてきたのだ。そして彼がするように、全ての指の股にヌルッと舌を潜り込ませてくれた。

四

「く……、ど、どうか、お止め下さいませ……」

文二は申し訳ない快感に腰をくねらせ、声を震わせて哀願した。まるで温かく清らかな泥濘《ぬかるみ》にでも、足を突っ込んでいるような心地だ。

ようやく舐め尽くすと、二人は彼の脚の内側を舐め上げ、一物を避けるように腰から腹へとチロチロ舌を這わせ、やがて左右から彼を挟み付けてきた。

肌が密着し、ときに乳房や乳首も彼の身体のあちこちに触れた。

身体を洗ったばかりでも、二人もいると甘ったるい女の匂いが室内に悩ましく籠もった。

やがて二人は、文二の左右の乳首に同時に吸い付いてきた。

「アア……」

文二はゾクゾクするような快感に喘ぎ、一物に触れられなくても危うく漏らしてしまいそうな高まりを得た。

熱い息が肌をくすぐり、二人の舌がチロチロと左右の乳首を同時に舐め、チュッと強く吸った。さらに彼が悦《よろこ》ぶことも知っている弥生は、キュッと歯を立て、それを見た綾乃も同じようにした。

「あうう……、どうか、もっと強く……」

文二は、美女と美少女に食べられているような快感に身悶えて言い、二人も強く歯を食い込ませてくれた。

そして乳首を充分に愛撫すると、二人は脇腹をモグモグと噛みながら下降し、交互に彼の臍を舐め、また一緒に一物を舐めてくれた。

混じり合った唾液がネットリと肉棒を濡らすと、二人はすぐ顔を上げた。ヌメリを与え、硬度を確認するに留めたようだ。

「じゃ、私が先にするわ……」

弥生が言って彼の股間に跨がり、幹に指を添え、先端を濡れた陰戸に受け入れながらゆっくり座り込んできた。

肉棒がヌルヌルッと心地よい柔襞の摩擦を受けながら、根元まで呑み込まれた。

「アァッ……、いい……」

弥生が顔をのけぞらせて喘ぎ、密着した股間をグリグリと擦りつけるように動かした。文二も熱く濡れた柔肉に締め付けられ、内部で一物を震わせながら快感を嚙み締めた。

もちろん二人の口に出したばかりだし、次には綾乃も控えているから彼は堪《こら》えた。

そして弥生は、さっき指と舌で気を遣っているから、すっかり下地も出来上がり、すぐにも達してしまったのだった。

彼女は文二の胸に手を突き、上体を反らせたまま股間をしゃくり上げるように動かしはじめた。この方法が、膣内の天井を心地よく擦るのだろう。

文二も下からズンズンと一物を突き上げると、また彼女は大量の淫水を漏らし、互いの股間をビショビショにさせた。

「い、いく……、気持ちいい、アアーッ……！」

弥生は声を上げ、狂おしく全身を痙攣させながら気を遣った。

まして前夜は綾乃に聞かれぬよう声を潜めていたから、今日はひときわ大きな喘ぎ声を上げていた。

文二は、激しい摩擦にも我慢し、弥生の嵐が過ぎ去るのを待った。

「ああ……」

やがて弥生が力尽きて声を洩らし、グッタリと彼にもたれかかってきた。

汗ばんだ肌を密着させ、荒い呼吸を繰り返しながら、何度もビクッと全身を震わせて余韻に浸った。

そして弥生は、まだ呼吸が整わぬうち、そろそろと股間を引き離してゴロリと横になった。

すると綾乃が身を起こし、弥生の淫水にまみれている一物に跨がってきた。

先端をあてがい、一気に陰戸の奥へ彼自身を呑み込んでいった。

「あぁッ……!」

綾乃が熱く喘ぎ、根元まで受け入れてキュッときつく締め上げてきた。

文二も、弥生とは微妙に異なる温もりと感触を味わい、今度こそ急激に高まっていった。

綾乃は、すぐにも身を重ねてきたので、文二も顔を上げて乳首を含んだ。

洗い流したあとでも、ふんわりと甘い体臭が感じられ、彼はコリコリする乳首を舌で転がし、顔中に柔らかな膨らみを押しつけられながら股間を突き上げた。

するると横から、弥生が肌を密着させ、割り込むように乳首を押しつけてきたのだ。
まだ満足しないのか、綾乃との行為に嫉妬《しっと》したのか、結局文二は二人分の乳首を順々に舐め、甘ったるい匂いに包まれた。

「アア……、奥が熱いわ……」

綾乃も突き上げに合わせて腰を遣いながら、すっかり痛みより一体となった充足感を得ているように喘いだ。そして綾乃の陰戸も、弥生に負けないほど大量の蜜汁を溢れさせ、動きを滑らかにさせていた。

文二が下からしがみつき、本格的に股間を突き上げはじめると、弥生も肌を寄せ、彼は二人に両手を回した。

上から綾乃が唇を重ねてくると、弥生も割り込んで三人で舌をからめた。

これは大変な興奮であった。

何しろ三人が鼻を突き合わせているので、間の狭い空間に二人の熱い息がかぐわしく籠もり、顔中が湿ってくるようだった。

弥生の口からは花粉臭が甘く漂い、綾乃の甘酸っぱい果実臭の息も心地よく入り交じり、文二は美女と美少女の息の匂いを同時に嗅ぐだけで、すぐにも果てそうになってしまった。

しかも舌が争うように潜り込み、それぞれを舐めると、どちらも滑らかに蠢き、二人分の唾液が生温かく混じってトロトロと注がれてくるのだ。

「もっと、唾《つば》を……」

文二が唇を触れ合わせたまま囁くと、二人もことさらに多めの唾液を垂らしてくれた。彼は小泡の多い唾液を飲み込み、さらに二人の口に交互に鼻を押し込み、それぞれの芳香を嗅いだ。

「顔中にも、唾を……」

さらにせがむと、二人は唾液を垂らし、舌で塗り付けるように彼の鼻から頰、瞼《まぶた》から額《ひたい》まで舐め回し、ヌラヌラとまみれさせてくれた。

「い、いく……、アアッ……!」

美女たちの唾液と吐息に、もう堪らず文二は小刻みに股間を突き上げて口走り、濡れた柔襞の摩擦の中で絶頂に達してしまった。

同時に、ありったけの熱い精汁を勢いよく綾乃の内部にほとばしらせ、宙に舞うような快感に酔いしれた。

「あぁッ……! き、気持ちいいッ……!」

綾乃も噴出を感じた途端、どうやら気を遣ってしまったように声を上げた。

まだ僅《わず》かしか体験していないのに、この好奇心旺盛な十九歳は、すぐにも絶頂を会《え》得《とく》してしまったらしい。

膣内の収縮も活発になり、彼は股間を突き上げながら心ゆくまで快感を噛み締め、最後まで出し切って動きを弱めていった。

「アア……」

綾乃もキュッキュッと一物を締め付けながら声を洩らし、徐々に強ばりを解いてグッタリと体重を預けてきた。

文二は収縮に刺激されてヒクヒクと幹を震わせ、美少女の重みと温もりを受け止めた。そして二人分のかぐわしい息を嗅ぎながら、うっとりと快感の余韻を味わったのだった。

「気持ち良かった……、これが気を遣るということなのね……」

綾乃が荒い呼吸を繰り返しながら言い、精汁を飲み込むように膣内を締め付け続けた。文二も呼吸を整えながら、激情が過ぎ去ってゆくと、あらためて恵まれすぎている自分が恐ろしくなった。

弥生も、操に代わる美少女を発見し、こうして三人での楽しみ方を覚えてしまったのだ。

この分では、毎夜のように三人で戯《たわむ》れることになるかも知れない。

(こんな日々を送っていて、大丈夫だろうか……)

文二は、今に罰《ばち》でも当たるのではないかと不安になったのだった。

五

「弥生様が、あの話を進めているって聞いたわ……」

咲が訪ねてきて、文二に言った。

今日も弥生は道場で、綾乃は玄庵の家に本を返しに行っていた。また次に借りる本も吟味《ぎんみ》するようだから、しばらくは帰ってこないだろう。

「あの話って?」

「私と文二さんが、どこか子のいないお店へ夫婦養子に入る話」

「うわ、もう話が進んでいるの……?」

文二は驚き、ほんのり頬を染めている咲に言った。

「ええ、こないだ弥生様が来て、そんな話をしたって、大前屋の女将《おかみ》さんが」

「それで……?」

「女将さんは、お咲ちゃんなら申し分ないって言ってたわ」

「いや、それはそうだろうけど、お咲ちゃんの気持ちは……？」

文二は不安げに聞いた。何しろ弥生に願望を話しただけなのに、すでに公《おおやけ》になっているので動揺しているのだ。

「それは、嫌でないに決まっているでしょう……。もう、何度も人に言えないことをしているのだから……」

咲がモジモジと言うと、文二も目の前が急に明るくなった。

「そう！　良かった。私が勝手に思い込んでいるだけかもしれないと思って……」

「嫌だったら、こうしてここへ来ないわ」

「それもそうだね」

文二は言い、愛《いと》しさに突き動かされて咲ににじり寄り、そのまま抱きすくめた。

所帯を持てば、これから飽《あ》きるほど何度でも出来るのに、やはりいま目の前の咲が愛しかった。

何と言っても、ほぼ同程度の町人同士というのが最も気持ちが楽になるのだ。

唇を求めると、咲も羞《は》じらいながらそっと身を預けてきた。

文二は美少女のぷっくりした唇の感触を味わい、舌を差し入れて歯並びを舐めた。

「ンン……」

咲も歯を開き、果実臭の息を熱く弾ませて彼の舌を受け入れた。

ネットリとからみつけると、美少女の舌はトロリとした清らかな唾液に温かく濡れていた。

文二は執拗に咲の舌を舐め、唾液をすすって喉を潤した。さらに彼女の口に鼻まで押し込み、甘酸っぱい匂いに酔いしれた。

「いい匂い……」

「やあん……」

かぐわしい湿り気を吸い込みながら思わず言うと、咲が恥じらって顔を離した。

「ね、脱ごう。すぐ帰らなくて大丈夫だろう？　ここも、あと半刻（約一時間）ばかりは誰も帰ってこないから」

文二は言い、自分も帯を解いて着物を脱ぎはじめた。咲も他人の家でのためらいもあるだろうが、彼の勢いに押されるように帯を解きはじめてくれた。

やがて先に全裸になった文二は布団に仰向けになり、咲が一糸まとわぬ姿になると彼女の手を引いて下腹に座らせた。そして立てた膝によりかからせ、彼女に両脚を伸ばしてもらい、顔に足裏を乗せさせた。

「あん……、どうしてこんなことを……」

　咲は居心地悪そうに、彼の下腹と顔に全体重をかけて言った。

　下腹に密着した陰戸の湿り気が、心地よく伝わってきた。文二は彼女の重みを受け止めながら足裏に舌を這わせ、縮こまった指の股に鼻を割り込ませ、汗と脂に湿ってムレムレになった匂いを嗅いだ。

　爪先にしゃぶり付き、全ての指の股を舐めたが、なぜか年中下駄の鼻緒を挟み付けている、一指と二指の間が最も感じるようだった。

「アア……、駄目よ、くすぐったいわ……」

　咲は喘ぎながら、彼の腹の上でクネクネと腰を動かした。密着する陰戸の潤いも、徐々に増してきたようだ。そして興奮して勃起した一物も、何度か彼女の腰をトントンと叩いた。

　両足ともしゃぶり尽くすと、文二は彼女の手を握って顔まで引っ張った。

　咲も恐る恐る彼の顔に跨がってしゃがんでくれたが、何度体験しても彼女は羞恥を失わず、ためらいがちな風情《ふぜい》が実に可憐だった。

　それでも文二の鼻先に迫る美少女の陰戸は、すっかり蜜汁が溢れ、花びらが興奮に色づいていた。

陰唇の間からは息づく膣口が覗き、光沢あるオサネも愛撫を待つようにツンと突き立っていた。

「そ、そんなに見ないで……」

真下からの熱い視線と息を感じ、咲は陰戸を震わせながら小さく言った。

「とっても綺麗で美味しそうだよ。ね、おま××舐めてって言って」

「言えないわ、そんな恥ずかしいこと……」

言うと咲は腰をくねらせ、熱く息を弾ませて答えた。

「だって、舐められたら気持ちいいだろう。それにうんと濡れているよ。さあ」

文二が促《うなが》し、焦《じ》らすように触れないでいると、とうとう淫水の雫がツーッと糸を引いて彼の口に垂れてきた。

「アア……、お、おま××舐めて……、も、もういや……」

咲はとうとう言ったものの、両手で顔を覆った。

文二ももう焦らさず、彼女の腰を抱えて引き寄せ、柔らかな若草の丘に鼻を埋め込んだ。

鼻をくすぐる心地よい感触と、隅々に籠もる甘ったるい汗にゆばりの刺激を嗅ぎながら舌を這わせると、さらにトロリとした潤いが溢れてきた。

「ああン……！」

咲が喘ぎ、思わずギュッと座り込みそうになりながら、懸命に両足を踏ん張った。

「いいよ、座っても」

文二は舌を這わせながら言い、収縮する膣口の襞を掻き回し、淡い酸味のヌメリをすすりながらオサネまで舐め上げていった。

「く……！」

咲がビクリと身を強ばらせて呻き、悩ましい体臭を揺らめかせた。

さらに彼は尻の真下に潜り込み、顔中に双丘の丸みを受け止めながら谷間の蕾に鼻を押しつけて言った。秘めやかに籠もる微香を嗅ぎ、舌先でチロチロとくすぐってからヌルッと潜り込ませた。

「あう……」

咲が呻いて、キュッと肛門で舌先を締め付けてきた。

文二は充分に舌を蠢かせて味わってから、再び陰戸に戻ってオサネを舐め、股間の膨らみ全体に吸い付いた。

「ああ……、駄目、強く吸わないで……」

「ゆばりが漏れる？　いいよ、出しても。お咲ちゃんのならこぼさずに飲めるから」

「だ、駄目よ、そんなこと……」

文二が言うと、咲は声を震わせて嫌々をした。しかし吸うと尿意が高まるらしく、彼も執拗に吸い付きながら溢れる淫水をすすった。

「い、いけないわ。本当に出ちゃう……」

咲が声を上ずらせ、切羽詰《せっぱ》まったように言った。体勢も、ちょうど良かったのだろう。文二は吸い続けると、とうとう柔肉が蠢き、味わいと温もりが変化し、口に滴ってくるものがあった。

「アア……」

咲はゆるゆると放尿してしまい、喘ぎながらヒクヒクと下腹を波打たせた。

文二も仰向けのまま受け止め、噎《む》せないよう気をつけながら喉に流し込んだ。味も匂いも実に淡く、何の抵抗もなく飲み込むことが出来た。

しかし実際はあまり溜まっていなかったようで、間もなく流れは治まり、また新たな淫水が湧き出してきた。

文二は内部を舐め回して余りの雫をすすり、なおもオサネをチロチロと舌先で弾くと、とうとう彼女もしゃがみ込んでいられず、彼の顔の両側に膝を突いて、四つん這いになってしまった。

綾乃も満足げに声を洩らし、グッタリと力尽きて彼にもたれかかってきた。

少々傷が痛んだが我慢し、文二は収縮する膣内で幹を過敏に震わせ、彼女の甘酸っぱい息を間近に嗅ぎながら余韻を味わった。

やがて綾乃も呼吸を整えると、ハッと気づいたように身を起こした。

「大変、真っ赤よ……」

彼女が言い、驚いて見ると、肩から胸に巻いた晒しが血に染まっていた。

「ひいい……！」

文二は息を呑み、ヘナヘナと力が抜けていってしまった。

三

「どう、具合は。大変だったようね」

絹が来て文二に言い、稲荷寿司を買ってきてくれた。

「ちょうど良かったわ。私は買い物に出るので、しばらく姉上にお願いします」

綾乃は言い、あとを絹に託して出かけていった。

もう綾乃も身繕《みづくろ》いを終えていたし、文二の晒しも替えたところだった。

幸い出血は大したこともなく、やがて傷口も難なく塞《ふさ》がることだろう。

絹は稲荷寿司を食べさせてくれ、文二も少し顔を上げて茶を飲んだ。

「さっき番屋へ行って弥生さんに会ってきたわ」

「そうですか。いかがでしたでしょう」

「まあ、破落戸《ごろつき》の町奴たちだから、何の問題もないわ。父上も働きかけているので、お白州《しらす》に出るようなこともなく、明日にも帰れるでしょう。ただ、いくら道場で強くても、二人を斬り殺したのだから、本人も相当に落ち込んでいるわ」

「そうでしょうね……」

「お前が斬られたから逆上したのでしょう。まあ、大した傷でなくて良かったし、一緒にいた娘も無傷で何よりだったわ」

「はい。本当に色々ご心配かけて申し訳ありません」

文二は言い、またモヤモヤと淫気を催してしまった。

綾乃と済んだばかりなのに、男というものは相手が変わればすぐにも新たな淫気が湧くものらしいし、何しろ絹の方からは甘ったるい乳汁の匂いが今日も悩ましく漂《ただよ》ってくるのである。

しかも綾乃の実の姉だから、禁断の興奮も大きかった。

「何かほしいものはある？」

「済みません。絹様のお乳が……」

「まあ、困った子ね。もちろんいくらでも出るけれど……、綾乃も半刻（約一時間）ほどは帰ってこないわね……」

絹は言い、立ち上がって手早く帯を解いて着物を脱ぎ、紐《ひも》を解いて襦袢《じゅばん》の胸元を開きながら添い寝してきてくれた。

そして腕枕して顔を支えてくれながら、色づいた乳首を含ませてきた。

文二もチュッと吸い付き、膨らみに顔中を押しつけながら乳首を唇で強く挟むと、すぐにも生ぬるい乳汁が滲んできた。

彼は甘ったるい体臭に包まれながら、薄甘い乳汁で舌を濡らし、心地よく飲み込み続けた。

「ああ……、いい気持ち、もっと吸って……」

絹も熱く喘ぎ、自ら豊かな膨らみを揉みしだいて分泌を促してくれた。

文二は、乳汁の匂いと熟《う》れ肌の甘ったるい体臭、上から吐きかけられる白粉《おしろい》臭の息に包まれ、激しく勃起していった。

やがて飲み尽くすと彼女はもう片方の乳首も含ませ、好きなだけ飲ませてくれた。

さらに文二は乱れた襦袢の中に潜り込み、絹の腋《わき》の下にも顔を埋め込んだ。色っぽい腋毛に鼻を擦りつけると、乳汁に似た甘ったるい汗の匂いが濃厚に鼻腔を刺激してきた。

「いい匂い……」

「そう？　恥ずかしいわ……」

絹も小さく答えながら息を弾ませ、激しく淫気を催してきたようだった。

「ね、顔に跨がって下さい」

文二は言い、ついさっき彼女の妹にも求めたことをせがんだ。

絹もすぐに身を起こし、裾をからげて跨がってきてくれた。

「アア……、このようなこと、良いのかしら……」

絹はしゃがみ込みながら喘ぎ、彼の鼻先に熟れた陰戸を迫らせてきた。

はみ出した陰唇の間からは、うっすらと白っぽい粘液が滲みはじめていた。

文二は豊満な腰を抱き寄せ、柔らかな茂みに鼻を埋め込んで嗅いだ。汗とゆばりの匂いが濃く鼻腔を掻き回し、刺激が胸に沁《し》み込んで一物に伝わっていった。

舌を這わせると、トロリとした淡い酸味の蜜汁が溢れ出し、彼は膣口からオサネまで何度も上下に往復した。

「ああ……、気持ちいいわ……」

絹がうっとりと喘ぎ、膣口を収縮させながら彼の口に陰戸を擦りつけてきた。

文二は充分にオサネを吸い、豊かな尻の真下に潜り込んで、谷間の蕾に鼻を押しつけた。

秘めやかな微香に刺激され、舌先でチロチロと舐めると、さらに陰戸から溢れる淫水の量が増した。

「あうう……、変な気持ち……」

彼が舌を潜り込ませ、ヌルッとした滑らかな粘膜をクチュクチュと味わうと、絹が呻きながら肛門を締め付けてきた。

そして彼女の前と後ろを充分に舐めると、絹も入れたくなってきたか、自分から股間を引き離してきた。

彼の股間に移動して下帯を取り去り、屹立《きつりつ》した一物にしゃぶり付いた。熱い息を恥毛に籠もらせ、張りつめた亀頭を舐め回し、スッポリと喉の奥まで呑み込んで吸い、滑らかに舌をからめた。

「アア……」

文二も熱く喘ぎ、美女の口の中で唾液にまみれた幹をヒクヒク震わせた。

まさか彼女も、この一物がついさっき妹の淫水を吸って陰戸に入ったとは夢にも思わないだろう。

もちろん果てるまでしゃぶることはなく、充分に唾液に濡らし、硬度を確認しただけで絹はスポンと口を引き離し、すぐにも身を起こして跨がってきた。

幹に指を添えて先端を陰戸にあてがい、ゆっくりと腰を沈めヌルヌルッと受け入れていった。

「ああ……、なんて気持ちいい……」

根元まで柔肉に呑み込み、絹は顔をのけぞらせて喘ぎながら、ギュッと股間を密着させてきた。

文二も、肉襞の摩擦と締め付けに高まり、股間に美女の重みと温もりを受け止めながら快感を嚙み締めた。

絹はゆっくり身を重ね、やはり彼の胸に重みをかけないよう気遣いながら顔を寄せて、少しずつ腰を動かしはじめた。大量の蜜汁が律動を滑らかにさせ、ピチャクチャと淫《みだ》らに湿った摩擦音が聞こえてきた。

文二も股間を突き上げながら、かぐわしい息の洩れる唇を求めた。

「ンン……」

絹も上からピッタリと唇を重ね、舌を差し入れてチロチロとからみつかせてきた。

文二は熱く湿り気ある、白粉のような息の匂いに酔いしれながら、滑らかに蠢く舌と生温かな唾液を味わった。

さらに下からしがみつきながら彼女の口に鼻を押し込んで、悩ましい口の匂いを吸い込むと、絹もヌラヌラと鼻の穴に舌を這わせてくれた。

「アア……」

文二はすっかり高まり、熱く喘ぎながら股間の突き上げを激しくさせていった。

「い、いく……、ああーッ……！」

たちまち絹が口を離して喘ぎ、ガクンガクンと狂おしい痙攣を繰り返して気を遣った。文二も、膣内の収縮に巻き込まれ、続いて絶頂に達してしまい、大きな快感に貫かれた。

熱い大量の精汁を勢いよく内部に噴出させると、

「あう……、熱い……！」

深い部分を直撃され、絹が駄目押しの快感に呻いた。

文二は心地よく締まる肉壺の中に、最後の一滴まで出し尽くし、徐々に動きを弱めながら力を抜いていった。

多少傷口は痛むが、もう出血するようなこともなかった。

「アア……、良かった。とっても……」

絹が吐息混じりに言いながら、グッタリと彼にもたれかかってきた。

文二は重みを受け止め、熱く甘い息を嗅ぎながら余韻に浸り、収縮する膣内でヒクヒクと幹を震わせた。

「ああ……、まだ動いているわ……」

絹は味わうようにキュッキュッと締め付け、荒い息遣いを繰り返して言った。

やがて彼女もすっかり呼吸を整えると、そろそろと身を起こして股間を引き離していった。

懐紙で陰戸を拭《ぬぐ》ってから、濡れた一物も丁寧に拭き清めてくれた。そして彼の下帯を整えてから身繕いをして髪を直した。

拭いた紙を厠へ捨てに行き、あとは綾乃が帰るまで絹はずっとそばにいてくれた。

「ずいぶん夢中になって乗ってしまったけれど、大丈夫？　顔が赤いわ」

「ええ、大丈夫です……」

絹が言い、何度か手拭いで文二の額《ひたい》の汗を拭ってくれた。

「傷は痛むかしら？」

「痛みよりも、身体中が熱くて……」

言うと、絹が屈み込んで額同士を合わせてきた。

「少し熱が出てきたようだわ。無理をさせてしまったようね」

絹は、盥に水を張り、濡らした手拭いを額に載せてくれた。

やがて綾乃が戻ってくると、入れ替わりに絹は帰っていった。

日が暮れると、綾乃が夕餉《ゆうげ》の粥《かゆ》を作ってくれた。家のことなど滅多《めった》にしないということだったが、なかなか綾乃の粥も旨《うま》かった。

「せっかく二人きりの夜なのに、熱があるのでは仕方がないわ。まあ昼間したから良いのだけれど」

綾乃は言い、自分の布団を彼の隣に持ってきて敷き、行燈《あんどん》の灯で本を読んだ。

文二も微熱で全身がぼうっとしているため、さすがに淫気を催すことはなく、何度かウトウト微睡《まどろ》んでは、まだ綾乃が起きているのを見て安心し、また目を閉じたのだった……。

――翌朝の目覚めは案外すっきりし、文二の微熱も完全に治まっていた。

もちろん傷はまだ痛むが、昨日よりはずっと良くなった気がした。

日が昇る頃に二人で朝餉を終え、綾乃が身体を拭き晒しを替えてくれると、傷口もだいぶ回復していた。

「もうしばらくは、無理せず寝ていた方がいいわ」

「はい。お世話かけます」

綾乃に言われ、文二も素直に答えた。それでも足腰は無事なので厠は自分で行かれるし、食事も起きて出来るようになっていた。

すると咲が見舞いに来てくれたので、入れ替わりに綾乃は買い物に出て、ついでに玄庵の家に寄るらしい。

熱が下がって気持ちもすっきりしているので、咲と二人きりになると、また文二は淫気を湧き起こしてしまった。

咲も、昨日のように深刻な表情ではなく、快方に向かっていることを確認したので笑みを浮かべていた。

四

「ねえ、しばらく誰もいないから、もっとそばに来て」

文二が期待に勃起しながら言うと、咲も近づいてくれた。

「どうすればいいの？」

「脱いで、一緒に寝て」

「でも、いきなり帰ってくるかも知れないし……。弥生様だって、番屋に一晩いたのだから、そろそろ」

「見られてもいいよ。もう許嫁《いいなずけ》なのだから。それに弥生様も、いったんはお屋敷に帰って報告もするだろうから、まだ帰らないってば」

「ええ……」

咲も頷き、素直に帯を解いてくれた。

着物を脱ぎ、襦袢と腰巻まで取り去ると、文二も寝巻と下帯を解いて互いに全裸になった。

咲が添い寝してくれると、文二は甘えるように腕枕してもらい、柔らかな乳房に顔を埋めた。桜色の乳首にチュッと吸い付くと、ほんのり汗ばんだ胸の谷間や腋から甘ったるい体臭が漂った。

「あん……」

咲がビクリと肌を震わせ、甘酸っぱい息を弾ませて喘いだ。

文二も次第に上になってゆき、仰向けになった咲の左右の乳首を交互に含んで舐め回し、柔らかく張りのある膨らみに顔中を押しつけて感触を味わった。

咲がすっかり身を投げ出して受け身の体勢になったので、文二も久々に上になって積極的に愛撫した。

腋の下にも顔を埋め、和毛《にこげ》に鼻を擦りつけて甘ったるく濃厚な汗の匂いを嗅ぎ、脇腹を舐め下りて愛らしい臍《へそ》にも舌を差し入れた。

白く張りのある下腹に顔中を押しつけて弾力を噛み締め、腰からムッチリとした太腿に降りていった。

健康的にニョッキリした脚を舐め下り、丸い膝小僧から滑らかな脛、足首まで舌でたどってから、足首を摑んで浮かせた。そして足裏に顔中を押し当て、踵《かかと》から土踏まずを舐め、指の股に鼻を割り込ませた。

そこは汗と脂に湿って蒸れた匂いが濃く籠もり、文二は美少女の足の匂いを貪りながら爪先にしゃぶり付いた。

「アアッ……、駄目……」

指の間にヌルッと舌を割り込ませると、咲がビクリと脚を震わせて喘いだ。

文二はもがく足を押さえつけながら全ての指の股を舐め、桜色の爪を噛んでから、もう片方の足も貪った。

味と匂いが消え去るまでしゃぶると、彼は咲の身体を俯《うつぶ》せにさせた。

踵から脹ら脛を舐め、汗ばんだヒカガミをたどって、太腿から尻の丸みを舐め上げていった。

「ね、噛んでもいい？」

「いいわ……、もう全部、文二さんのものなのだから……」

言うと咲が答え、文二は嬉々として尻の丸みに歯を立て、肉の弾力を味わった。

「あうう……、変な気持ち……、もっと強く噛んで……」

咲も新鮮な感覚にクネクネと尻を動かして呻き、さらに強い刺激をせがんできた。

文二も大きく口を開き、尻の丸みを頬張って噛み締めた。前歯だけで噛むより、口全体の方が痛くなく刺激的だろう。

そのまま彼は腰から背中にも舌を這わせ、たまに歯を食い込ませた。淡く痕《あと》が印されたが、じきに消え去っていった。

肩まで行って髪の匂いを嗅ぎ、耳を噛み、またうなじから背中を舐め下り、脇腹にも寄り道して歯を立てた。

再び尻に戻ると、文二は彼女の股を開かせ、その間に顔を埋めた。

両の親指でグイッと双丘を広げ、谷間にひっそり閉じられた薄桃色の蕾に鼻を埋め込むと、蒸れた汗の匂いに混じり、秘めやかな微香も可愛らしく籠もっていた。

文二は美少女の恥ずかしい匂いを貪り、舌先でチロチロと蕾をくすぐった。

そして襞の震えを味わいながら充分に濡らし、舌先をヌルッと潜り込ませて粘膜を味わった。

「く……、汚いから駄目……」

咲が尻をクネクネさせて呻き、きつく肛門で舌先を締め付けてきた。

文二は充分に滑らかな内壁を味わってから、いったん顔を上げて彼女を再び仰向けにさせた。

片方の脚をくぐり、大股開きにさせた股間に顔を寄せると、熱気と湿り気が陰戸から悩ましく漂っていた。はみ出した陰唇は興奮に濃く色づき、オサネもツンと突き立って光沢を放っていた。

「舐めてって言って」

「恥ずかしいわ……、そんなに見ないで……」

「すごく濡れているよ。早く舐めてほしいだろう？」

「ええ……、お願い、舐めて……」

咲は言うなり自分の言葉に激しく感じ、トロリと大量の蜜汁を溢れさせてきた。

文二も顔を埋め込み、柔らかな若草の丘に鼻を擦りつけた。

隅々には甘ったるい汗の匂いが可愛らしく籠もり、下の方には残尿臭も艶めかしく沁み付いていた。

彼は美少女の体臭を胸いっぱいに嗅ぎながら舌を這わせ、淡い酸味のヌメリをすすりながら、膣口からオサネまで舐め上げていった。

「アアッ……、き、気持ちいい……」

咲がビクッと顔をのけぞらせて喘ぎ、内腿でムッチリと彼の顔を締め付けてきた。

文二はもがく腰を抱え込んで押さえながら、襞の入り組む膣口をクチュクチュと掻き回し、上の歯で包皮を剝き、露出したオサネにも吸い付いていった。

「あう……、駄目、変になりそう……」

咲が身を弓なりに反らせ、ガクガクと腰を跳ね上げて呻いた。

文二もすっかり高まり、やがて顔を上げると股間を進めていった。

本手《ほんで》（正常位）で先端を濡れた陰戸に押し当て、ゆっくり潜り込ませていくと、心地よい肉襞の摩擦と締め付けが一物を包み込んでいった。

ヌルヌルッと根元まで押し込み、文二はしばし温もりと感触を味わった。

「ああ……」

咲が朦朧《もうろう》と喘ぎながら目を閉じ、味わうようにキュッキュッと締め付けてきた。

文二は身を起こしたまま何度か腰を突き動かし、危うくなると動きを止め、挿入したまま彼女の体位を変えさせた。

「横になって……」

言いながら腰を浮かせると、咲も素直にノロノロと横になっていった。

繋がったまま、抜けないよう注意深く下の脚に跨がると、松葉崩《まつばくず》しの体勢で股間が交差した。

文二は彼女の下の脚に跨がり、上の脚を両手で抱えながら、再びズンズンと腰を突き動かした。

「アア……、何これ……」

咲が身をくねらせながら喘ぎ、さらにきつく彼自身を締め付けてきた。

股間が交差しているため密着感が高まり、濡れた局部が吸い付き合うようにクチュクチュと淫らな音を立てた。

さらに彼は、深々と挿入したまま彼女を俯せにさせていった。

完全に咲が四つん這いになって尻を突き出すと、文二も膝を突いて身を起こし、股間を密着させて腰を遣った。

後ろ取り（後背位）は彼女の尻の丸みが下腹部に当たって弾み、何とも心地よかった。咲も汗ばんだ白い背を反らせて尻を振り、大量の淫水を溢れさせ内腿を濡らしていた。

しかし、やはり顔が見えないのは物足りないので、文二は充分に高まったところで動きを止め、股間を引き離した。

そして仰向けになり、息も絶え絶えになった咲の顔を股間へと押しやった。

彼女も素直に移動し、自らの淫水にまみれた先端に舌を這わせてきた。

文二は快感を嚙み締めながら大股開きになり、咲もその真ん中に移動して、深々と呑み込んでくれた。

根元まで含み、上気した頰をすぼめて吸い、スポンと引き抜くと、今度はふぐりにも舌を這わせ、二つの睾丸を転がしてくれた。

充分に袋が唾液にまみれると、咲は彼の脚を浮かせ、自分がされたように肛門にも舌を這わせてきた。

「く……！」

文二は呻き、ヌルッと潜り込んだ美少女の舌先を肛門でキュッと締め付けた。

咲も内部でチロチロと舌を蠢かせてから引き抜き、彼の脚を下ろし、再び一物にしゃぶり付いてくれた。

「アア……、気持ちいいよ……」

文二は温かく濡れた咲の口に深々と含まれ、舌に翻弄《ほんろう》されながら喘いだ。

熱い鼻息が恥毛をそよがせ、唾液にまみれた肉棒が快感にヒクヒクと震えた。

やがて危うくなったので彼女の手を引くと、咲もチュパッと口を引き抜き、身を起こしてきた。

そして文二に引っ張られるまま一物に跨がり、唾液に濡れた先端を膣口に受け入れながら座り込んできた。

「ああッ……!」

咲が顔をのけぞらせて喘ぎ、ヌルヌルッと根元まで陰戸に呑み込んで股間を密着させた。

文二も、肉襞の摩擦に酔いしれ、内部でヒクヒクと幹を震わせた。やはり可憐な顔を見上げる茶臼《ちゃうす》（女上位）が最も好きなのである。

咲はぺたりと座ったまま陰戸を擦りつけ、やがて身を重ねてきた。

文二も下からしがみつき、股間を突き上げながら彼女の唇を求めていった。

熱く湿り気ある息は、今日も可愛らしく甘酸っぱい芳香がしていた。

文二は唇を重ね、舌を差し入れて歯並びを舐め、舌をからめていった。

咲も熱く鼻を鳴らしながらクチュクチュと舌を蠢かせ、突き上げに合わせて腰を遣いはじめてくれた。

「ンン……」

「もっと唾《つば》を……」

囁きながら動きを速めると、咲もことさらに多めの唾液をトロトロと吐き出してくれた。文二は美少女のネットリした小泡の多い唾液を味わい、生温かな粘液を飲み込んでうっとりと喉を潤した。

「い、いく……！」

たちまち文二は大きな絶頂の快感に全身を貫かれてしまい、ありったけの熱い精汁をドクドクと勢いよく注入した。

「あん……、気持ちいいッ……！」

咲も噴出を受け止めた途端に気を遣り、声を上ずらせてガクンガクンと狂おしく全身を揺すって締め付けた。文二は快楽と愛しさに包まれながら最後の一滴まで出し切り、徐々に力を抜いていった。

「アア……」

動きが弱まると、咲も力尽きたように声を洩らし、グッタリと彼に体重を預けてもたれかかってきた。

文二は美少女の温もりと重みを感じ、甘酸っぱい果実臭の息を間近に嗅ぎながら、うっとりと快感の余韻に浸り込んでいった。

五

「や、弥生様ですか！　お帰りなさいませ……」

帰宅した弥生を見て、文二と咲は目を丸くした。もちろん処理も済み、互いに身繕いを整えたあとだった。

「ああ、良い、寝たままで」

言って枕元に座る弥生は、何と髪を島田に結い、女らしい華やかな着物に身を包んでいたではないか。

「今朝がた、番屋の帰りに屋敷へ立ち寄ったら、父と兄にお転婆《てんば》を手ひどく説教された。それで髪を結い、女のなりになることを約束させられてしまったのだ」

弥生は窮屈《きゅうくつ》そうに苦笑しながら言った。

「それより、お元気そうで安心致しました。絹様のお話では、人を斬ってたいそう落ち込まれていたと伺いましたので」

「なあに、義姉《あね》上の前で神妙にしていただけのこと。破落戸の二匹ぐらい殺したとて何とも思わぬ。まして札付きだったようで、役人からも褒められたぐらいだ」

弥生は言い、その笑みにも翳《かげ》りがないので文二も心から安堵したものだった。

ただ武家の世界は何かと手続きや取り調べが多く、それで番屋で一夜明かすことになってしまったのだろう。

「根津の小間物屋にも寄ってきた。近々見舞いに来るだろう。許嫁を庇って自分が斬られたのだから、先方もたいそう文二を気に入ったようだ」

「そうですか。訪ねる約束が果たせず気にかかっていました」

「傷が癒《い》えたら正式に結納《ゆいのう》だな。今しばらく待て」

弥生が言い、やがて咲は辞儀《じぎ》をして帰っていった。

すると入れ替わりに、遣いの小僧が手紙を持って訪ねてきた。

「なんだ、綾乃は急患が立て込んだので、手伝いのため今宵《こよい》は玄庵先生の家に泊まると書かれている。嬉しい、今宵は久々に二人きりだな」

弥生は嬉じげに言ったが、なりは女でも男言葉は抜けないようだった。

「斬られたあと夢の中で、操様に会いました」

「なに、そうか。何を話した」

文二が言うと、弥生も興味深げに訊いてきた。

「まだ来てはいけないと」

「それから？」

「申し上げにくいのですが、雲の上で交接してしまいました。これで弥生様と同じ相手の男を知り、思い残しがなくなったと」

「左様《さよう》か……。では成仏したようだな。私も、女のなりになって、すっかり操への執着も断ち切れた」

弥生もさっぱりした表情で言い、やがて部屋を出ると、戸締まりをして戻り、まだ明るいが帯を解いて着物を脱ぎはじめてしまった。

島田に結った髪と、薄化粧の顔が何とも艶めかしく、何やら文二は初めて会う女のような気さえして期待に股間を熱くさせた。

たちまち弥生は一糸まとわぬ姿になると、彼の寝巻と下帯も解き、肩と胸を覆う晒しも解き放って全裸にさせた。

「ああ……、可哀想に……」

弥生は嘆息しながら言って屈み込むと、だいぶ塞がった傷口に舌を這わせてきた。

「く……」

文二は肌に熱い息と舌のヌメリを感じ、痛痒《がゆ》いような微妙な感覚に小さく呻いた。

「痛むか」

「いいえ、大丈夫です……」

彼は答え、激しく勃起した一物をヒクヒク震わせた。それを見て弥生も安心したように愛撫を続行した。

傷口を癒やすように舐め回してから、文二の乳首にチュッと吸い付き、舌を這わせて軽く歯を立てた。もう片方の乳首も充分に舐め、キュッキュッと嚙んで刺激してくれた。

「ああ……、気持ちいい……」

文二は甘美な痛みと快感に身悶えて言い、弥生はさらに肌を舐め下りて彼の股間に顔を寄せた。

しゃぶり付いた。先端を舐め回し、鈴口から滲む粘液をすすり、幹を舐め下りてふぐりに舐め上げてきた。そして二つの睾丸を念入りに舌で転がしてから、再び肉棒の裏側を舐め上げてきた。

先端に達すると、弥生は丸く口を開いてスッポリと呑み込み、喉の奥まで呑み込んでチュッと吸い付いた。

「あうう……」

文二は快感に呻き、唾液にまみれた幹を美女の口の中でヒクヒク震わせた。

弥生も熱い鼻息で恥毛をくすぐりながら、強く吸い付き、舌をからめながらスポンと引き抜いてきた。

身を起こし、茶臼で跨ごうとしたので、

「お、お待ちを。入れる前に舐めたいです……」

「番屋で一夜を明かし、今日は湯屋へ寄る余裕もなかったが……」

「構いません。どうか、先に足から」

文二は仰向けのまま手を伸ばし、彼女の足首を掴んで引き寄せた。本当はもう起きられるが、弥生が色々してくれるので、しばらくは受け身になっていた。

弥生も文二の顔の近くに座り込み、片方の足を浮かせ、引っ張られるまま彼の顔に足裏を乗せた。

彼は大きく逞《たくま》しい足裏を舐め、長くしっかりした指の股に鼻を割り込ませた。やはりそこは汗と脂にジットリ湿り、蒸れた匂いが今までで一番濃く籠もっていた。

文二は美女の足の匂いを貪り、爪先にしゃぶり付いて順々に指の間を舐め回した。

「あう……」

弥生がビクリと脚を震わせて呻き、やがて舐め尽くすと足を交代してくれた。

文二はそちらも念入りに味わってから、さらに彼女の手を引き、顔に跨がらせていった。

弥生も素直にしゃがみ込み、彼の鼻先に陰戸を迫らせた。

すでに、はみ出した陰唇は興奮に濃く染まり、間からはヌラヌラと大量の蜜汁が湧き出し、今にも滴りそうに雫を脹らませていた。

彼は腰を抱き寄せ、柔らかな茂みに鼻を埋め込み、隅々に籠もった熱気を嗅いだ。

汗とゆばりの匂いが濃厚に籠もり、文二は悩ましい刺激で鼻腔を満たしながら舌を這わせていった。

淡い酸味のヌメリをすすり、息づく膣口の襞を掻き回し、突き立った大きめのオサネまで舐め上げていくと、

「ああッ……、気持ちいい……」

弥生は熱く喘ぎ、思わずギュッと彼の顔に陰戸を押しつけながら、新たな淫水を漏らしてきた。

文二は味と匂いを嚙み締め、さらに引き締まった尻の真下に潜り込み、白い双丘に顔中を密着させていった。谷間の蕾に鼻を埋めると、秘めやかな微香が籠もり、胸に沁み込んできた。

舌先でチロチロくすぐり、内部にもヌルッと潜り込ませて粘膜を味わうと、

「く……、もっと深く……」

弥生は呻きながらモグモグと肛門で舌先を締め付けてきた。

やがて舌を引き抜き、彼が再び陰戸に戻って潤いを舐め取りオサネに吸い付くと、弥生は待ちきれないように股間を引き離し、文二の上を移動していった。

先端を濡れた膣口に押し当て、息を詰めてゆっくり腰を沈み込ませてきた。

たちまち屹立した肉棒は、ヌルヌルッと滑らかな肉襞の摩擦を受けながら根元まで呑み込まれていった。

「アァッ……、いい……、奥まで当たる……」

弥生が完全に座り込み、密着した股間をグイグイと押しつけ、顔をのけぞらせて喘いだ。文二も温もりと感触を嚙み締め、内部でヒクヒクと幹を震わせながら快感に包まれた。

弥生はゆっくり身を重ね、彼も下から両手でしがみついた。

顔を上げ、色づいた乳首を含んで吸い、舌で転がすと生ぬるい体臭が顔中を包み込んだ。

左右の乳首を交互に吸い、軽く歯で刺激してから、文二は弥生の腋の下にも顔を埋め込み、腋毛に籠もった甘ったるい汗の匂いに酔いしれた。

すると弥生が腰を遣いはじめ、上からピッタリと彼に唇を重ねてきた。

文二も抱きつきながらズンズンと股間を突き上げ、いつになく白粉と紅の香りを感じながら、弥生本来の花粉臭の息で鼻腔を満たした。

「ンン……」

弥生は熱く鼻を鳴らして舌をからめ、トロトロと生温かな唾液を注ぎ込みながら腰の動きを速めた。

文二は、美女の唾液と吐息に刺激され、あっという間に絶頂に達してしまった。

「く……！」

突き上がる快感に呻きながら、熱い大量の精汁を勢いよく中に放つと、

「あ、熱い……、もっと……、ああーッ……！」

噴出を受け止めた途端、弥生も激しく気を遣って喘ぎ、ガクンガクンと狂おしい痙攣を開始した。

文二も収縮する柔肉の中に、心ゆくまで快感を味わって精汁を出し切り、やがて徐々に動きを弱めていった。弥生もグッタリと彼にもたれかかり、名残惜しげに膣内を締め付けてきた。

彼は熱く甘い息を嗅ぎながら余韻に浸り、内部でヒクヒクと幹を震わせた。

やがて婚儀が進めば、ここを出て見知らぬ家で咲と暮らすことになろう。

文二は、多くの始まりと終わりを感じながら力を抜いていった。

と、そのとき障子《しょうじ》の隙間から、春風とともに桜の花びらがひとひら舞い込んできたのだった……。

一〇〇字書評

きむすめ開帳

切り取り線

購買動機（新聞、雑誌名を記入するか、あるいは○をつけてください）	
□（　　　　　　　　　　　　）の広告を見て	
□（　　　　　　　　　　　　）の書評を見て	
□ 知人のすすめで	□ タイトルに惹かれて
□ カバーが良かったから	□ 内容が面白そうだから
□ 好きな作家だから	□ 好きな分野の本だから

・最近、最も感銘を受けた作品名をお書き下さい

・あなたのお好きな作家名をお書き下さい

・その他、ご要望がありましたらお書き下さい

住所	〒				
氏名		職業		年齢	
Eメール	※携帯には配信できません	新刊情報等のメール配信を 希望する・しない			

この本の感想を、編集部までお寄せいただけたらありがたく存じます。今後の企画の参考にさせていただきます。Eメールでも結構です。

いただいた「一〇〇字書評」は、新聞・雑誌等に紹介させていただくことがあります。その場合はお礼として特製図書カードを差し上げます。

前ページの原稿用紙に書評をお書きの上、切り取り、左記までお送り下さい。宛先の住所は不要です。

なお、ご記入いただいたお名前、ご住所等は、書評紹介の事前了解、謝礼のお届けのためだけに利用し、そのほかの目的のために利用することはありません。

〒一〇一‐八七〇一
祥伝社文庫編集長 坂口芳和
電話 〇三（三二六五）二〇八〇

祥伝社ホームページの「ブックレビュー」からも、書き込めます。
http://www.shodensha.co.jp/bookreview/

祥伝社文庫

きむすめ開帳《かいちょう》

平成25年 3 月20日　初版第 1 刷発行

著　者　睦月影郎《むつきかげろう》
発行者　竹内和芳
発行所　祥伝社《しょうでんしゃ》
東京都千代田区神田神保町3-3
〒101-8701
電話　03（3265）2081（販売部）
電話　03（3265）2080（編集部）
電話　03（3265）3622（業務部）
http://www.shodensha.co.jp/
印刷所　堀内印刷
製本所　関川製本
カバーフォーマットデザイン　中原達治

 ISBN978-4-396-33826-8 C0193